A

Siegfried Lenz (1926–2014) zählt zu den bedeu-
tenden und meistgelesenen Schriftstellern der
deutschen Literatur. Für seine Bücher wurde
er mit vielen wichtigen Preisen ausgezeichnet,
unter anderem mit dem Goethepreis der Stadt
Frankfurt am Main, dem Friedenspreis des Deutschen Buchhandels und mit dem Lew-Kopelew-
Preis für Frieden und Menschenrechte 2009. Seit
1951 veröffentlichte er alle seine Romane, Erzählungen, Essays und Bühnenwerke im Hoffmann
und Campe Verlag.

Siegfried Lenz

Eine Art Bescherung

Weihnachts- und Wintergeschichten

Atlantik

Zusammengestellt von Daniel Kampa
Textgrundlage der vorliegenden Auswahl:
Siegfried Lenz, *Die Erzählungen*. Copyright © 2006
by Hoffmann und Campe Verlag, Hamburg

7. Auflage 2022
Copyright © 2015 by
Hoffmann und Campe Verlag, Hamburg
www.hoffmann-und-campe.de
Umschlaggestaltung: Sarah M. Hensmann © Hoffmann und Campe
Umschlagabbildung: © ullstein bild/ Rainer Binder
Satz: pagina GmbH, Tübingen
Gesetzt aus der Caslon 540
Druck und Bindung: GGP Media GmbH, Pößneck
Printed in Germany
ISBN 978-3-455-00199-0

HOFFMANN
UND CAMPE

Ein Unternehmen der
GANSKE VERLAGSGRUPPE

Inhalt

Das Wunder von Striegeldorf   7

Barackenfeier   21

Budzereit wird überrascht   29

Risiko für Weihnachtsmänner   35

Die Breite der Wune   45

Silvester-Unfall   49

Der Denkzettel   71

Die Schärfe der Kufen   81

Eisfischen   93

Das Wunder von Striegeldorf

Vieles hat sich unter Weihnachten in Masuren ereignet, weniges aber kommt an Merkwürdigkeit gleich jenem Vorfall, den mein Großonkel, ein sonderbarer Mensch mit Namen Matuschitz, auslöste. Ich möchte davon erzählen auf jede Gefahr hin.

Heinrich Matuschitz, ein fingerfertiger Besenbinder, hatte sich an einem fremden Motorrad vergangen und war für wert befunden, einzusitzen für ein halbes Jahr. Er saß zusammen mit einem finsteren Menschen namens Mulz, der ein alter Forstgehilfe war und dem die Wilddiebe, hole sie der Teufel, zwei Frauen nacheinander von der ehelichen Seite fortgefrevelt hatten, woraufhin Otto Mulz, in gewalttätigem Kummer, den ganzen Striegeldorfer Forst anzündete.

Gut. Die Herren leisteten sich rechtschaffen Gesellschaft in ihrer Zelle, beobachteten die berühmten Striegeldorfer Sonnenuntergänge, plauderten aus ihrem Leben, und derweil taten Wochen und Monate das, wovon sie, scheint's, niemand abbringen kann; sie strichen ins Land. Rückten vor, diese Monate, bis zum Dezember, brachten Schnee mit, brachten Frost, bewirkten, daß das schmucklose Gefängnis geheizt wurde, taten so, was man von ihnen erwartet. Insbesondere aber brachten sie näher gewisse Termine, und mit den niederen Terminen auch den Obertermin sozusagen: den Heiligen Abend nämlich.

Nun fällt es einem Masuren schon schwer genug, auf die Annehmlichkeiten der Freiheit im allgemeinen zu verzichten, furchtbar aber wird es, wenn man ihn zu solchem Verzicht auch am Heiligen Abend zwingt. Demgemäß wandte sich Heinrich Matuschitz, mein Großonkelchen, an seinen Zellenbruder, sprach ungefähr so: »Der Schnee, Otto Mulz«, so sprach er, »kündigt liebliches Ereignis an. Nimmt man den Frost noch hinzu und das Gefühl im Innern, so muß der Heilige Abend nicht weit sein. Habe ich richtig gesprochen?«

»Richtig«, sagte der alte Forstgehilfe.

»Also«, stellte mein Großonkelchen befriedigt fest. Dann starrte er hinaus in den wirbelnden

Flockenfall, sann, während er sich am Gitter festhielt, ein Weilchen nach, und nachdem ein neuer Gedanke ersonnen war, sprach er folgendermaßen: »Das Ereignis«, so sprach er, »das liebliche, es steht bevor. Jedes Wesen in Striegeldorf und Umgebung ist angehalten, sich zu freuen. Die Menschen sind angehalten, die Hasen, die Eichhörnchen, und schon gar nicht zu reden von den Kindern. Nur wir, Otto Mulz, sollen gebracht werden um unsere Freude. Weil sich aber jedes Wesen zu freuen hat an diesem Termin, müssen wir ersinnen einen Ausweg.«

»Man will uns«, sagte der alte Forstgehilfe, »die Freude stehlen.«

»Eben«, sagte Heinrich Matuschitz, mein Großonkelchen. »Aber wir werden uns, bevor es dazu kommt, die Freude besorgen, und zwar da, wo sie allein zu finden ist: in der Freiheit. Wir werden uns zum Heiligen Abend beurlauben.«

»Das ist, wie die Dinge liegen, gut gesagt«, sprach Mulz. »Nur wird der alte Schneppat uns nicht bewilligen solchen Urlaub zur Freude. Unter den Aufsehern, die ich kenne, ist Schneppat der schlimmste. Man wird uns, schlickerdischlacker, gleich wieder schnappen, zumal durch

meine persönliche Feuersbrunst verloren gegangen sind die schönsten Verstecke im Walde.«
Bei diesen Worten wies er mit ordentlicher Be-
kümmerung auf die traurigen Baumstümpfe, die
vom Striegeldorfer Forst nachgeblieben waren.

Das Großonkelchen indes gnidderte, das heißt,
lachte versteckt, legte dem Otto Mulz einen Arm
um die Schulter, winkte sich sein Ohr ganz nahe
heran und sprach:

»Uns wird«, so sprach er, »überhaupt niemand
vermissen, kein Schneppat und niemand. Denn
wir werden zurücklassen unser Ebenbild. Wir
werden hier sein und nicht hier.«

Was Otto Mulz dazu brachte, mein Großonkelchen zuerst erstaunt, dann mißtrauisch und
schließlich mitfühlend anzusehen und nach einer
Weile zu sagen:

»Manch einen, Heinrich Matuschitz, hat große
Freude schon blöde gemacht. Denn erkläre mir,
bitte schön, wie ein Mensch gleichzeitig sein
kann bei dem lieblichen Ereignis in der Freiheit
und hier in der Zelle.«

Obwohl diese Worte, man wird es zugeben,
nicht unbedingt höflich waren, verlor das Großonkelchen weder Faden noch Geduld, sondern

begann mit listigem Lächeln zu flüstern, und zwar flüsterte er dermaßen vorsichtig, daß nicht einmal etwas für diese Erzählung erlauscht werden konnte. Sicher ist nur, daß er dabei den Otto Mulz, sei es überredete, sei es überflüsterte, denn das finstere Gesicht des alten Forstgehilfen hellte sich auf, spiegelte Teilnahme, spiegelte Begeisterung, und zuletzt spiegelte es – na sagen wir: Verklärung.

Und dann begab sich folgendes: Heinrich Matuschitz, mein Großonkelchen, aß kein Brot mehr – ebensowenig aß es sein Zellenbruder; jede Ration wurde unter dem Bett versteckt, wurde gestreichelt und gehütet, während das liebliche Ereignis unaufhaltsam heraufzog.

Die einsitzenden Herren wurden, je näher das Ereignis kam, unruhiger, gespannter und flattriger, man plauderte nicht mehr aus dem Leben, fand keine Zeit zu müßiger Beobachtung; alles an ihnen war nur noch eingestellt in Richtung auf das Kommende und auf das, was zwischen ihnen geflüstert war.

Und eines Morgens, nachdem der Frost sie muntergekniffen hatte, erhob sich Heinrich Matuschitz und gab preis, was er so sorgfältig auch vor uns verborgen gehalten hatte; fingerfertig, wie mein Großonkelchen war, zog er das gesparte Brot unter dem Bett hervor, benetzte es auskömmlich und begann, weiß der Kuckuck, aus dem weichen Brot den Kopf des alten Forstgehilfen zu kneten. Walkte und knetete mit einem Geschick, daß sich dem Otto Mulz die Sprache versagte, zog eine Nase aus, das Großonkelchen, klatschte eine Stirn zurecht, schnitt zwei Lippen in den Teig und alles haargenau nach dem Original des Forstgehilfen. Lachte dabei und sprach:

»Der wird«, sprach er, »Otto Mulz, genau wie du. Hoffentlich steckt er nur keinen Forst an.«

»Mir wird es«, sprach Mulz, »unheimlich zumute. Obwohl ich weiß, Heinrich Matuschitz, daß du manches kannst schnitzen mit deinem Messer, wußte ich doch nicht, daß du einen Striegeldorfer formen kannst nach seinem Ebenbild.«

Dann sah er atemlos zu, wie Ohr und Kinn entstanden, und zuletzt hielt er zitternd still, als ihm das Großonkelchen ein paar Haare absäbelte und sie an den Brotkopf klebte.

»Pschakret«, sagte der Forstgehilfe, »wenn ich schon früher so doppelt gewesen wäre, dann hätte einer von mir zu Hause bleiben können: die

Wilddiebe hätten sich nicht rangetraut, die Frau wäre mir geblieben, ich hätte den Forst nicht angezündet und brauchte hier nicht zu sitzen. Wenn ich, pschakret, das alles gewußt hätte.«

Nachdem der Kopf des Forstgehilfen fertig war, fabrizierte mein Großonkelchen sich selbst, und weil das Brot nicht hinreichte, nahm er zur Ausbildung des Hinterkopfes einige Pfefferkuchen, die ihnen, da das liebliche Ereignis unmittelbar bevorstand, hereingeschoben worden waren.

Kaum war er fertig damit, als die Klappe in der Tür fiel und Schneppat, der kurzatmige Aufseher, hereinschaute zum Zweck der Kontrolle. Er schaute wichtigtuerisch, dieser Mensch, und zum Schluß fragte er in seiner höhnischen Besorgtheit: »Na«, fragte er, »was wünschen sich die Herren zum Heiligen Abend?«

»Schlummer«, sagte mein Großonkelchen prompt. »Wir möchten bitten das Gesetz um langen, ungestörten Festtagsschlummer.«

»Könnt ihr haben«, sagte Schneppat. »Aber da ich nicht hier bin, werd' ich es Baginski sagen, dem Aufseher aus Sybba. Er löst mich ab für zwei Tage. Wer schlummert, sündigt nicht.« Damit ließ er die Klappe herunter und empfahl sich.

Seine Schritte waren noch nicht verklungen, als Heinrich Matuschitz die Brotköpfe hervorholte, sie auf die Pritsche legte, die Decken kunstgerecht hochzog und überhaupt einen unwiderlegbaren Eindruck hervorrief von zwei Herren im Festtagsschlummer. Wehmütig standen sie vor ihren Ebenbildern, ergriffen sogar, und dann sagte das Großonkelchen zu seiner Büste:

»Ich grüße dich«, sagte er, »Heinrich Matuschitz auf der Pritsche. Gott segne deinen Schlummer.«

Etwas Ähnliches sprach auch der alte Forstgehilfe, und nachdem sie Abschied genommen hatten von sich selbst, hoben sie das Gitter ab und verschwanden durchs Fenster in Richtung auf das liebliche Ereignis.

Dies Ereignis: es wurde angesungen von den Zöglingen der Striegeldorfer Schule, wurde von Glöckchen verkündet, vom Geruch gebratener Gänse, und ehedem hatte sich an der Verkündung auch der Wind im Striegeldorfer Forst beteiligt.

Mein Großonkelchen und Otto Mulz, sie gingen mit sich zu Rate, wie sie das liebliche Ereignis ihrerseits am besten verkünden könnten, und nach schwerer Grübelarbeit beschlossen sie, es durch Gesang zu tun, mit den Zöglingen der Striegeldorfer Schule. Während des Gesanges schon wurden sie teilhaftig der Freude, obwohl die Oberlehrerin Klimschat, die das Singen be- fehligte, Mühe hatte, die Herren einzustimmen, bei jedem Mal, da sie die Stimmgabel anschlug, lauschte sie verwundert und sprach: »Mir kollert ein Tönchen nach dem anderen von der Gabel runter.«

Na, aber da sie von mitfühlendem Wesen war, ließ sie die Herren singen, und nach dem Ge- sang gingen diese zu meinem Großonkelchen nach Hause, wo neue Freude bezogen wurde aus gebratenem Speck, aus geräuchertem Aal und, natürlich, aus dem lieblichen Schein der Talg- lichter. Bezogen so viel Freude, die Herren, daß sie in einen schönen Streit gerieten, was sie dazu bewegte, mit Ofenbänken aufeinander loszuge- hen, sich unvergeßliche Schläge beizubringen und sich gegenseitig in die entferntesten Ecken zu schmeißen, wobei die Freude immer weiter stieg.

Als dem Otto Mulz eine Schulter ausgerenkt wurde, verfiel man wieder ins Singen, sang von dem lieblichen Ereignis, und nach abermaligem Essen suchten die Herren auf dem Fußboden nach einem Festtagstraum.

Träumten angenehm bis zum nächsten Tag, lächelten sich innig zu beim Erwachen und stellten fest, daß man nicht bestohlen worden war um rechtmäßige und zustehende Freude. Und nach solchen Versicherungen beschlossen sie, zurückzukehren in das ansprechende, wenn auch schmucklose Gefängnis, um unnötige Schwierigkeiten zu vermeiden.

Machten sich also auf, die beiden, und gelangten alsbald zum Ort ihrer Bestimmung, der bewacht wurde von dem Aufseher Baginski aus Sybba. Dieser Mensch jedoch, wachsam wie er war, entdeckte die Herren, als sie in der Dämmerung durchs Fenster steigen wollten, rief sie drohend an und kommandierte:

»Der Unfug«, befahl er, »hat an diesem Haus zu unterbleiben, zumal Weihnachten. Alle Personen zurück.«

Worauf mein Großonkelchen entgegnete: »Wir fordern nicht gerade, was recht, aber was billig ist. Wir gehören hierher. Wir sind, wenn ich so sagen darf, wohnberechtigt.«

Baginski lugte durch das Fenster, äugte eine ganze Zeit hinein, und dann sprach er:

»Die Betten, wie man sieht, sind besetzt. Die Herren schlummern. Da sie sich ausbedungen haben den Schlummer zum Festtag, hat jede Störung zu unterbleiben.«

»Ein Irrtum«, sagte Otto Mulz, dem die Kälte zuzusetzen begann. »Ein reiner Irrtum, Ludwig Baginski. Die Herren, die da schlummern, sind wir.«

»Wir möchten«, ließ sich mein Großonkel vernehmen, »die Schlafenden nur austauschen gegen uns.«

Ludwig Baginski, der Aufseher, blickte düster, blickte zurechtweisend, schließlich sagte er:

»Meine Augen«, sagte er, »sie sehen, was nötig ist. Und hier ist nötig Ruhe für zwei schlummernde Herren. Also möchte ich bitten um das, was gebraucht wird zur Erhaltung des Schlummers: nämlich Stille.«

Stellte sich, weiß Gott, gleich ziemlich drohend auf, dieser Ludwig Baginski, und zwang die Herren, abzuziehen. Nun, sie zogen davon bis zu den Baumstümpfen des ehemaligen Striegeldorfer Forstes, stellten sich zusammen, und da sie diesmal keinen Grund besaßen zu flüstern, vernahm man Otto Mulz folgendermaßen:

»Napoleon«, so vernahm man ihn, »hatte es schwer auf seinem Weg nach Rußland. Verglichen mit unserer Schwierigkeit, war seine ein Dreck.«

»Man müßte«, sagte Heinrich Matuschitz, »etwas ersinnen.«

»Mäuse«, sagte der alte Forstgehilfe. »Wir werfen Mäuse in das Zellchen, sie werden unsere Köpfe wegknabbern, und wenn wir nicht mehr da schlummern, wird man uns wieder reinlassen, und wir können in Ruhe abbrummen die letzten Wochen.«

»Auch die Mäuse, Otto Mulz, sind zu dieser Zeit angehalten zur Freude. Sie finden mehr als genug. Nein, wir müssen warten, bis Ludwig Baginski sich niederlegt zur Ruhe. Dann werden wir's noch einmal versuchen.«

Und das taten die Herren. Sie warteten frierend im ehemaligen Striegeldorfer Forst, und als die Stunde gut war und günstig, schlichen sie zum Gefängnis, stiegen diesmal unbemerkt ein, und waren gerade dabei, sich auf den Pritschen auszustrecken, als die Klappe in der Tür fiel

und der Aufseher Baginski argwöhnisch herein-
sah.

Es durchfuhr ihn, er grapschte in die Luft und
taumelte zurück, und als die Benommenheit sich
legte, rannte er nach dem Schlüssel, rannte zurück und schloß auf. Was er sah, es waren zwei
blinzelnde Herren, die auf ihren Pritschen lagen.
Aber Baginski gab sich nicht zufrieden, respek-
tierte keinen Schlummer und keinen Festtag,
sagte statt dessen:

»Meine Augen, die sehen, was zu sehen ist.
Und sie haben in diesem Zellchen erblickt vier
Herren statt zwei. Demnach möchte ich bitten
um Aufschluß über die zwei anderen.«

»Wir haben, wie gewünscht, angenehm ge-
schlummert«, sagte Mulz.

»Aber es waren vier, wie meine Augen gesehen
haben.«

Darauf sammelte sich mein Großonkelchen
und sprach: »Wenn ich mich, Ludwig Baginski,
nicht irre, geschehen zu diesem Termin Wunder
auf der ganzen Welt. Warum, bitte sehr, sollte
Striegeldorf verschont bleiben von solchen Wundern? Besser, es geschieht ein Wunder als gar
keins. Habe ich richtig gesprochen, Otto Mulz?«

»Richtig«, bestätigte der alte Forstgehilfe, und die Herren wickelten sich jeder in sein Deckchen und wünschten sich gute Nacht.

1957

Barackenfeier

Damals lebten wir in einer Baracke mit Tarnanstrich, sieben Familien in sieben Räu-
men, und von den alten Jegelkas trennte uns nur
eine Wand aus zerknittertem Packpapier. Wie
eine Ansammlung von reglosen Schiffen lagen
die Baracken in der verschneiten Ebene, leichte,
hölzerne, transportable Bauwerke, kühn konzi-
piert von den Architekten des 20. Jahrhunderts,
Gemeinschaftswasserleitung, Gemeinschaftstoi-
lette, dazu von außen ein Tarnanstrich: weiße
gezackte Zungen, dunkelgrüne hochschlagende
Flammen, rostrote ungleichschenklige Dreiecke –
gegen Sicht waren wir sehr gut geschützt. Nachdem die Feuerwerker verschwunden waren, die
hier während der letzten Kriegsjahre getarnt an
einer Mehrzweck-Mine gefeilt hatten, machten
sie die Baracken zu einem Auffanglager, zweig-
ten ein Rinnsal von dem großen Treck ab und
ließen die Baracken einfach vollaufen, bis jeder

Winkel ausgenutzt war. Auch Mama wurde hier aufgefangen wie all die andern, die das Trapez der Geschichte verfehlt hatten; wir erhielten einen der sieben Räume und dekorierten ihn mit den Sachen, die Mama während der ganzen Flucht mitgeschleppt hatte: mit dem Elchgeweih, dem riesigen Küchenwecker und dem Vogelbauer, in dem sie jetzt Papier aufbewahrte.

Wir hatten so viel zu tun, um satt zu werden, warm zu werden, daß wir uns um kein Datum kümmerten, und wir hätten auch nichts von Weihnachten gemerkt, wenn nicht Fred zurück-gekommen wäre aus dem Donezbecken. Nur weil sie ihn zu Weihnachten aus der Gefangen-schaft entlassen hatten, wußten wir, daß es uns bevorstand; doch obwohl wir es nun wußten, er-wähnten wir es nie, forschten nicht heimlich nach Wünschen, handelten nicht lieb hinterm Rücken. Fred machte sich ein Lager aus Zeitungspapier, deckte sich mit seiner erdgrauen Wattejacke zu und schlief Weihnachten entgegen, vier Tage und vier Nächte, während Mama und ich frie-rend herumgingen und verhalten mit den alten Jegelkas zankten, um für Fred Ruhe zu schaffen. Als uns der Heilige Abend ereilt hatte, war immer noch kein Wort über Weihnachten gefallen, doch jetzt stand Fred auf, hauchte die Eisblumen vom Fenster, blickte lange über die traurige Landschaft Schleswig-Holsteins und zu dem rötlichen Himmel über der Stadt; dann ging er hinaus, rasierte sich über dem Gemeinschaftsausguß, und als er zurückkam, sagte er: »Ich fahr' mal in die Stadt rüber.«

Gegen Mittag spürte ich, daß Mama mich am liebsten rausgeschickt hätte, doch sie sagte nichts, und da nahm ich mir einen der kratzigen Zuckersäcke, verschwand heimlich, stapfte durch den Schnee zum Bahndamm, stieg den Bahndamm hinauf, dort wo die Steigung beginnt und die Züge langsamer fahren. Hinter einem Baum, einem harzverkrusteten Fichtenstamm, wartete ich. Es begann heftig zu schneien, und die Schienen blinkten matt in der Dämmerung. Ich trampelte, um die Füße warm zu bekommen, denn es war wichtig für den Sprung auf den fahrenden Zug; der Fuß mußte den Sprung kalkulieren, verantworten: mit einem gefühllosen Fuß war man verraten wie der kleine Kakulka, der sich enorm verschätzte und es bezahlen mußte.

Den D-Zug, der wie ein Büffel durch das

Schneetreiben donnerte, ließ ich in Ruhe, aber der Güterzug dann: von weitem schon hörte ich ihn rattern, schlingern, und ich kam hinter dem Baum hervor, machte mich fertig zum Sprung. Ich fühlte mich nicht sehr sicher, denn ich hatte kein verläßliches Gefühl im Sprungbein, doch ich war entschlossen, den Güterzug anzugreifen. Und da kam er heran: eine schwarze, drohende Stirn, die durch das Schneegestöber stieß, die Lokomotive, der Tender, auf dem die Kohlen lagen, die uns Wärme bringen sollten an den Weihnachtstagen. Ich streckte die Hände aus, suchte nach dem Gestänge; in diesem Augenblick hörte ich den Ruf des Heizers, sah sein Gesicht oder vielmehr das Weiße seiner Zähne, und ich entdeckte den gewaltigen Kohlebrocken, den er über dem Kopf hielt und jetzt zu mir herabschleuderte. Der Heizer wußte, daß wir manchmal an der Steigung des Bahndammes warteten, wenn die Kohlenzüge kamen: diesmal hatte er auf uns gewartet.

Ich schob den gewaltigen Brocken in den Zuckersack, rutschte den Bahndamm hinab, stapfte durch den Schnee zu den getarnten Barakken und blieb zwischen den Erlen stehen, als ein Schatten den Lehmweg herunterkam. Es war Fred. »Schnell«, sagte er, »ich kann nicht so lange draußen bleiben.« Er zeigte auf eine Zigarrenkiste; der Deckel hatte eine Anzahl von Luftlöchern, und im Kasten kratzte und scharrte und flatterte es. Gemeinsam betraten wir die Baracke, schoben uns zu unserm Appartement. »Woher kommst du?« fragte ich Fred. »Vom Schwarzen Markt«, sagte er, »das ist eine sehr gute Einrichtung.«

In unserm Raum hatte sich etwas verändert. Es war da eine ganz gewisse Verwandlung erfolgt. Auf einer Bierflasche steckte eine Kerze, und das Elchgeweih, das Mama als wesentliches Fluchtgepäck mitgeschleppt hatte, war mit Tannengrün behängt. Auch an den Wänden hing Tannengrün, nur der Küchenwecker war nackt und ungeschmückt – vielleicht, weil man kein Tannengrün an ihm befestigen konnte. Aber es hatte sich noch mehr geändert, und ich brauchte eine Weile, bis ich merkte, daß der Vogelbauer fehlte. »Wo ist denn der Käfig?« fragte Fred. »Hier«, sagte Mama und ließ uns in einen Topf blicken, in dem ein weißliches Stück Speck lag, »ich habe den Käfig eingetauscht gegen den Braten. Das ist mein Geschenk.« – »Und das ist mein Geschenk«, sagte Fred und gab Mama die Zigarrenkiste, in der es kratzte und scharrte und flatterte. Vorsichtig öffnete Mama die Kiste, doch nicht vorsichtig genug; denn als sie den Deckel lüftete, schoß ein Dompfaff heraus, kurvte durch den Raum und ließ sich erschöpft auf dem Küchenwecker nieder.

Jetzt wandten sich beide mir zu, blickten auf den Sack, forschend, räuberisch, und da erlöste ich den Kohlebrocken mit dem Hammer. Wir heizten ein, daß der Kanonenofen glühte und das Packpapier, das uns von den alten Jegelkas trennte, zu knistern begann vor Hitze; und dann brachte Mama den geschmorten, glasigen Speck auf den Tisch: schweigend aßen wir, mit fettigen Mündern; nur unser Seufzen war zu hören, mit dem wir die Wärme in uns aufnahmen, ein tiefes, neiderregendes Seufzen über die unermeßliche Wohltat, die uns geschah, und Fred zog seine erdbraune Wattejacke aus, ich den Marinepullover, so daß wir schließlich nur im Hemd dasitzen konnten – winters in einer Baracke im Hemd! – und auch jetzt noch die Wärme spürten, die unsere Gesichter rötete, das Blut in den Fingern klopfen ließ. Und dies vor allem spüre ich, wenn

ich an das Weihnachten von damals denke: die er-
beutete Wärme, und ich höre Mama sagen: »Daß
sich keiner, ihr Lorbasse, unterstehen mecht',
das Fensterche aufzumachen oder de Tier: den
schmeiß ich eijenhändig raus, daß er Weihnachten haben kann mit de Fixe, pschakref.«

1959

Budzereit wird überrascht

Der alte Budzereit sah ihn zuerst; er beobachtete genau, wie der Herr aus seinem dunkelgrauen Auto kletterte, wie er den teuren Mantel ordnete und die kurzen Ärmchen ausstreckte, auf die ihm sein Chauffeur dann – behutsam und eins nach dem andern – die frisch eingepackten Pakete legte. Offenbar wollte es sich der Herr nicht nehmen lassen, die selber ausgewählten und von geübten Händen verpackten Geschenke auf seinen eigenen Ärmchen ins Haus zu tragen. Der alte Budzereit lehnte an der Barackentür, er fror ein wenig, aber er mochte nicht hineingehen; er war es gewohnt, vor der Baracke zu stehen und die Vorübergehenden zu grüßen und ihnen nachzublicken, solange es möglich war. Zuweilen drehte sich einer, der vorübergegangen war, nach ihm um und winkte zaghaft – die Fremden vor allen anderen –, und der Alte hob dann seine Hand und winkte müde und glücklich zurück.

Als der Herr aus seinem Wagen stieg, griff Budzereit nach seiner Mütze und zog sie vom Kopf herunter, und er stand für einen Augenblick barhäuptig in der kalten Dezemberluft, hoffend, der Herr werde seinen Gruß doch noch bemerken und erwidern. Aber der Herr, dem die Baracke gehörte und den der Budzereit seit fünf Jahren zu grüßen trachtete, übersah diese Grüße, oder, wenn er sie nicht übersehen konnte, erwiderte er sie nicht. Der Budzereit wagte nicht, ihn anzusprechen, denn er hatte von jüngeren Leuten gehört, daß der Besitzer traurig wäre ob der Tatsache, daß in der Baracke nicht – wie früher – gewinnbringende Ware lagerte, sondern daß sie fremden Menschen als Obdach diente. Nachdem er das gehört hatte, überlegte er, ob es nicht ratsam wäre, den Herrn doch anzuhalten und ihm zu versichern, daß seine, Budzereits, Tage auf die Neige gingen, und daß der Herr sich schon ausrechnen sollte, welche Waren er in dem Raum unterbringen könnte, den der Budzereit noch bewohnte. Er hatte aber noch nie die rechte Gelegenheit dafür gefunden, und jetzt, wenige Stunden vor dem Heiligen Abend, wollte er es auch nicht tun. Vielleicht hätte der Herr sich erschrocken, wenn man ihn angesprochen hätte, und vielleicht wären ihm die Pakete, die der Chauffeur vorsichtig und besorgt ihm auf die kurzen Ärmchen legte, heruntergefallen.

Andererseits glaubte Budzereit, daß er dem Besitzer durch seine Erklärung eine gute Weihnachtsfreude bereiten könnte, um die er ihn brachte, wenn er sich ihm nicht näherte. Wenn der Herr nun aber Angst hätte vor ansteckenden Krankheiten – die Armut ist ansteckend, und die Sehnsucht und die Traurigkeit –, wenn der Herr sich also vor ihm fürchtete und mit schnellen, schwachen Beinchen in sein warmes Haus liefe? Und ihn vielleicht aus einem Fenster des zweiten Stockes zurechtwiese? Was dann? Budzereit liebte keinen Streit, erst recht nicht mit dem Herrn und schon gar nicht so kurz vor dem Heiligen Abend.

Der Herr hatte schon einen Stapel Pakete ins Haus getragen, nun kam er zurück, bleich und ein wenig entkräftet von der ungewohnten Anstrengung. Er streckte die Arme nicht mehr so forsch aus wie das erste Mal. Sein Chauffeur reichte ihm diesmal auch weniger Pakete aus dem Wagen. Budzereit zählte sie: es waren vier.

Obenauf lag das größte, ein fast quadratischer Karton, der in gelbes, mit Tannenzweigen bedrucktes Papier eingeschlagen war. Der Herr flüsterte dem Chauffeur etwas zu und wankte durch den Schnee zu seinem Haus. Der Chauffeur ließ den Motor an, und an der Stelle, wo das Auspuffrohr endete, wurde der Schnee schmutzig, und dann machte das Auto einen Bogen und hielt vor der festen Garage. Nachdem das Tor geöffnet worden war, fuhr das Auto in die Garage ein, und der summende Motor verstummte.

Der alte Budzereit hatte nichts mehr zu sehen, und er prüfte nun den Himmel, er sah ihn sich darauf an, ob er bald neuen Schnee schicken werde und er klappte mit seinem Stock gegen die Borke eines Baumes, in der der Frost saß. Der Baum trug eine blendende Schneemütze, und als Budzereit gegen den Stamm pochte, fiel etwas aus dem Rand der Schneemütze auf den Boden.

Im warmen Haus waren die Fenster erleuchtet. Gewiß war der Herr dabei, sich von der Mühe zu erholen und die Pakete so zu verwahren, daß sie in den nächsten Stunden nicht gefunden werden würden.

Eine Hand legte sich auf Budzereits Rücken,

er drehte sich langsam um und erkannte einen anderen Alten, der auch in der Baracke wohnte. »Na«, sagte der. »Budzereit, du stehst und wartest ja wie im Sommer. Es ist doch kalt, Menschenskind.«

Budzereit nickte. »Es wird Zeit. Ich werde jetzt reingehen und den Ofen anmachen. Ich habe mir noch ein paar Stücke Holz gespart für heute abend. Was machst du?«

»Na, das weiß ich noch nicht.«

Budzereit ging in seinen Raum und machte Feuer im Ofen. Er setzte sich auf den Hocker und wartete, und allmählich wurde es schön warm in seinem Raum und sein Gesicht rötete sich ein wenig, weil er sehr nahe in die Glut blickte. Er wartete und dachte nach, und seine Erinnerung war bei ihm. Das verflossene arme Leben kam zu ihm herein, und er hatte gute Gesellschaft.

Heute knisterte nicht der Frost in den Barackenwänden, nur im Ofen knallten lustig die Tannenzapfen, die er im Herbst gesammelt hatte. Der alte Budzereit stand auf und ging an sein Bett, und unter dem Kopfkissen holte er ein weißes Talglicht hervor. Er zündete es an, und das Licht brannte still und ruhig. Er sah zu, wie die flüssige Masse an einer Seite des Lichts herabtropfte, und er nahm ein Streichholz und verstärkte damit den oberen Rand. Dann klopfte es. Budzereit ging zur Tür und öffnete. Draußen stand ein Weihnachtsmann mit frostroten Backen und Ohren und mit einem unechten Bart. ›Einer von den jungen Leuten‹, dachte Budzereit. Der Weihnachtsmann griff schweigend in einen Sack und brachte ein Paket zum Vorschein. Er legte das Paket hastig in Budzereits Hände und ging wortlos weg. Der Alte schlurfte zum Licht und besah sich aufmerksam, was er empfangen hatte. Das Paket kam ihm bekannt vor. Er öffnete den Karton und fand ein Paar warme Hausschuhe darin. Er stellte die Schuhe neben das Licht.

Und plötzlich wußte er, wo er das gelbe, mit Tannenzweigen bedruckte Papier gesehen hatte.

Er schaute nach draußen: die Fenster, hinter denen der Herr wohnte, waren im Augenblick nicht erleuchtet.

1951

Risiko für Weihnachtsmänner

Sie hatten schnellen Nebenverdienst versprochen, und ich ging hin in ihr Büro und stellte mich vor. Das Büro war in einer Kneipe, hinter einer beschlagenen Glasvitrine, in der kalte Frikadellen lagen, Heringsfilets mit grau angelaufenen Zwiebelringen, Drops und sanft leuchtende Gurken in Gläsern. Hier stand der Tisch, an dem Mulka saß, neben ihm eine magere, rauchende Sekretärin: alles war notdürftig eingerichtet in der Ecke, dem schnellen Nebenverdienst angemessen. Mulka hatte einen großen Stadtplan vor sich ausgebreitet, einen breiten Zimmermannsbleistift in der Hand, und ich sah, wie er Kreise in die Stadt hineinmalte, energische Rechtecke, die er nach hastiger Überlegung durchkreuzte: großzügige Generalstabsarbeit.

Mulkas Büro, das in einer Annonce schnellen Nebenverdienst versprochen hatte, vermittelte Weihnachtsmänner; überall in der Stadt, wo der

Freudenbringer, der himmlische Onkel im roten Mantel, fehlte, dirigierte er einen hin. Er lieferte den flockigen Bart, die rotgefrorene, mild grinsende Maske; Mantel stellte er, Stiefel und einen Kleinbus, mit dem die himmlischen Onkel in die Häuser gefahren wurden, in die ›Einsatzgebiete‹, wie Mulka sagte: die Freude war straff organisiert.

Die magere Sekretärin blickte mich an, blickte auf meine künstliche Nase, die sie mir nach der Verwundung angenäht hatten, und dann tippte sie meinen Namen, meine Adresse, während sie von einer kalten Frikadelle abbiß und nach jedem Bissen einen Zug von der Zigarette nahm. Müde schob sie den Zettel mit meinen Personalien Mulka hinüber, der brütend über dem Stadtplan saß, seiner ›Einsatzkarte‹, der breite Zimmermannsbleistift hob sich, kreiste über dem Plan und stieß plötzlich nieder. »Hier«, sagte Mulka, »hier kommst du zum Einsatz, in Hochfeld. Ein gutes Viertel, sehr gut sogar. Du meldest dich bei Köhnke.«

»Und die Sachen?« sagte ich.

»Uniform wirst du im Bus empfangen«, sagte er. »Im Bus kannst du dich auch fertigmachen. Und benimm dich wie ein Weihnachtsmann!«

Ich versprach es. Ich bekam einen Vorschuß, bestellte ein Bier und trank und wartete, bis Mulka mich aufrief; der Chauffeur nahm mich mit hinaus. Wir gingen durch den kalten Regen zum Kleinbus, kletterten in den Laderaum, wo bereits vier frierende Weihnachtsmänner saßen, und ich nahm die Sachen in Empfang, den Mantel, den flockigen Bart, die rotweiße Uniform der Freude. Das Zeug war noch nicht ausgekühlt, wohltuend war die Körperwärme älterer Weihnachtsmänner, meiner Vorgänger, zu spüren, die ihren Freudendienst schon hinter sich hatten; es fiel mir nicht schwer, die Sachen anzuziehen. Alles paßte, die Stiefel paßten, die Mütze, nur die Maske paßte nicht: zu scharf drückten die Pappkanten gegen meine künstliche Nase; schließlich nahmen wir eine offene Maske, die meine Nase nicht verbarg.

Der Chauffeur half mir bei allem, begutachtete mich, taxierte den Grad der Freude, der von mir ausging, und bevor er nach vorn ging ins Führerhaus, steckte er mir eine brennende Zigarette in den Mund: in wilder Fahrt brachte er mich raus nach Hochfeld, zum sehr guten Einsatzort. Unter einer Laterne stoppte der Kleinbus, die

Tür wurde geöffnet, und der Chauffeur winkte mich heraus.

»Hier ist es«, sagte er, »Nummer vierzehn, bei Köhnke; mach sie froh. Und wenn du fertig bist damit, warte hier an der Straße; ich bring nur die andern Weihnachtsmänner weg, dann pick ich dich auf.«

»Gut«, sagte ich, »in einer halben Stunde etwa.«

Er schlug mir ermunternd auf die Schulter, ich zog die Maske zurecht, strich den roten Mantel glatt und ging durch einen Vorgarten auf das stille Haus zu, in dem schneller Nebenverdienst auf mich wartete. ›Köhnke‹, dachte ich, ›ja, er hieß Köhnke damals in Demjansk.‹

Zögernd drückte ich die Klingel, lauschte; ein kleiner Schritt erklang, eine fröhliche Vorwarnung, dann wurde die Tür geöffnet, und eine schmale Frau mit Haarknoten und weißgemusterter Schürze stand vor mir. Ein glückliches Erschrecken lag für eine Sekunde auf ihrem Gesicht, knappes Leuchten, doch es verschwand sofort; ungeduldig zerrte sie mich am Ärmel hinein und deutete auf einen Sack, der in einer schrägen Kammer unter der Treppe stand.

»Rasch«, sagte sie, »ich darf nicht lange draußen sein. Sie müssen gleich hinter mir kommen.
Die Pakete sind alle beschriftet, und Sie werden
doch wohl hoffentlich lesen können.«

»Sicher«, sagte ich, »zur Not.«

»Und lassen Sie sich Zeit beim Verteilen der
Sachen. Drohen Sie auch zwischendurch mal.«

»Wem«, fragte ich, »wem soll ich drohen?«

»Meinem Mann natürlich, wem sonst!«

»Wird ausgeführt«, sagte ich.

Ich schwang den Sack auf die Schulter, stapfte
fest, mit schwerem, freudebringendem Schritt
die Treppe hinauf – der Schritt war im Preis ein-
begriffen. Vor der Tür, hinter der die Frau verschwunden war, hielt ich an, räusperte mich tief,
stieß dunklen Waldeslaut aus, Laut der Verheißung, und nach heftigem Klopfen und nach un-
gestümem »Herein!«, das die Frau mir aus dem
Zimmer zurief, trat ich ein.

Es waren keine Kinder da; der Baum brann-
te, zischend versprühten zwei Wunderkerzen,
und vor dem Baum, unter den feuerspritzenden
Kerzen, stand ein schwerer Mann in schwarzem
Anzug, stand ruhig da mit ineinandergelegten
Händen und blickte mich erleichtert und er-

wartungsvoll an: es war Köhnke, mein Oberst in Demjansk. Ich stellte den Sack auf den Boden, zögerte, sah mich ratlos um zu der schmalen Frau, und als sie näher kam, flüsterte ich: »Die Kinder? Wo sind die Kinder?«

»Wir haben keine Kinder«, antwortete sie leise, und unwillig: »Fangen Sie doch an.«

Immer noch zaudernd, öffnete ich den Sack, ratlos von ihr zu ihm blickend: die Frau nickte, er schaute mich lächelnd an, lächelnd und sonderbar erleichtert. Langsam tasteten meine Finger in den Sack hinein, bis sie die Schnur eines Pakets erwischten; das Paket war für ihn. »Ludwig!« las ich laut. »Hier!« rief er glücklich, und er trug das Paket auf beiden Händen zu einem Tisch und packte einen Pyjama aus. Und nun zog ich nacheinander Pakete heraus, rief laut ihre Namen, rief einmal »Ludwig«, und einmal »Hannah«, und sie nahmen glücklich die Geschenke in Empfang und packten sie aus. Heimlich gab mir die Frau ein Zeichen, ihm mit der Rute zu drohen; ich schwankte, die Frau wiederholte ihr Zeichen. Doch jetzt, als ich ansetzen wollte zur Drohung, jetzt drehte sich der Oberst zu mir um; respektvoll, mit vorgestreckten Händen kam er auf mich zu, mit zitternden Lippen. Wieder winkte mir die Frau, ihm zu drohen – wieder konnte ich es nicht. »Es ist Ihnen gelungen«, sagte der Oberst plötzlich, »Sie haben sich durchgeschlagen. Ich hatte Angst, daß Sie es nicht schaffen würden.«

»Ich habe Ihr Haus gleich gefunden«, sagte ich.

»Sie haben eine gute Nase, mein Sohn.«

»Das ist ein Weihnachtsgeschenk, Herr Oberst. Damals bekam ich die Nase zu Weihnachten.«

»Ich freue mich, daß Sie uns erreicht haben.«

»Es war leicht, Herr Oberst; es ging sehr schnell.«

»Ich habe jedesmal Angst, daß Sie es nicht schaffen würden. Jedesmal ...«

»Dazu besteht kein Grund«, sagte ich, »Weihnachtsmänner kommen immer ans Ziel.«

»Ja«, sagte er, »im allgemeinen kommen sie wohl ans Ziel. Aber jedesmal habe ich diese Angst, seit Demjansk damals.«

»Seit Demjansk«, sagte ich.

»Damals warteten wir im Gefechtsstand auf ihn. Sie hatten schon vom Stab telephoniert, daß er unterwegs war zu uns, doch es dauerte und dauerte. Es dauerte so lange, bis wir unruhig wurden und ich einen Mann losschickte, um den Weihnachtsmann zu uns zu bringen.«

»Der Mann kam nicht zurück«, sagte ich.

»Nein«, sagte er. »Auch der Mann blieb weg, obwohl sie nur Störfeuer schossen, sehr vereinzelt.«

»Wunderkerzen schossen sie, Herr Oberst.«

»Mein Sohn«, sagte er milde, »ach, mein Sohn. Wir gingen raus und suchten sie im Schnee vor dem Wald. Und zuerst fanden wir den Mann. Er lebte noch.«

»Er lebt immer noch, Herr Oberst.«

»Und im Schnee vor dem Wald lag der Weihnachtsmann, mit einem Postsack und der Rute, und rührte sich nicht.«

»Ein toter Weihnachtsmann, Herr Oberst.«

»Er hatte noch seinen Bart um, er trug noch den roten Mantel und die gefütterten Stiefel. Er lag auf dem Gesicht. Nie, nie habe ich etwas gesehen, das so traurig war wie der tote Weihnachtsmann.«

»Es besteht immer ein Risiko«, sagte ich, »auch für den, der Freude verteilt, auch für Weihnachtsmänner besteht ein Risiko.«

»Mein Sohn«, sagte er, »für Weihnachtsmänner

sollte es kein Risiko geben, nicht für sie. Weihnachtsmänner sollten außer Gefahr stehen.«

»Eine Gefahr läuft man immer«, sagte ich.

»Ja«, sagte er, »ich weiß es. Und darum denke
ich immer, seit Demjansk damals, als ich den to-
ten Weihnachtsmann vor dem Wald liegen sah –
immer denke ich, daß er nicht durchkommen
könnte zu mir. Es ist eine große Angst jedesmal,
denn vieles habe ich gesehn, aber nichts war so
schlimm wie der tote Weihnachtsmann.«

Der Oberst senkte den Kopf, angestrengt
machte seine Frau mir Zeichen, ihm mit der
Rute zu drohen; ich konnte es nicht. Ich konnte es nicht, obwohl ich fürchten mußte, daß sie
sich bei Mulka über mich beschweren und daß
Mulka mir etwas von meinem Verdienst abziehen
könnte. Die muntere Ermahnung mit der Rute
gelang mir nicht.

Leise ging ich zur Tür, den schlaffen Sack
hinter mir herziehend; vorsichtig öffnete ich die
Tür, als mich ein Blick des Obersten traf, ein
glücklicher, besorgter Blick: »Vorsicht«, flüsterte
er, »Vorsicht«, und ich nickte und trat hinaus. Ich
wußte, daß seine Warnung aufrichtig war.

Unten wartete der Kleinbus auf mich; sechs

frierende Weihnachtsmänner saßen im Laderaum, schweigsam und frierend, erschöpft vom Dienst an der Freude; während der Fahrt zum Hauptquartier sprach keiner ein Wort. Ich zog das Zeug aus und meldete mich bei Mulka hinter der beschlagenen Glasvitrine, er blickte nicht auf. Sein Bleistift kreiste über dem Stadtplan, wurde langsamer im Kreisen, schoß herab: »Hier«, sagte er, »hier ist ein neuer Einsatz für dich. Du kannst die Uniform gleich wieder anziehen.«

»Danke«, sagte ich, »vielen Dank.«

»Willst du nicht mehr? Willst du keine Freude mehr bringen?«

»Wem?« sagte ich. »Ich weiß nicht, zu wem ich jetzt komme. Zuerst muß ich einen Schnaps trinken. Das Risiko – das Risiko ist zu groß.«

1958

Die Breite der Wune

Der Steputat, der Konopka und mein Großonkelchen, e gewisser Bartholomeyzik,
hatten zwischen Weihnachten und Neujahr
nuscht, aber auch rein nuscht zu tun, als sich de
Schlorren vollzukippen mit ihrem Koppskiekel-
weinche. Sie saßen, sagen wir mal, im Wirthaus
»Zagel«, nahmen hier e Schlubberche und da e,
aßen kein Schwarzsauer, keinen Kumst, sondern
hukten und schlubberten nur still, bis auf einmal, ich mein: es war der Konopka, ein richtiger
Pachulke, zu schabbern anfing. Da schabberten
wohl das Weinche mit und der Kaddik-Schnaps,
den er vorher geschlubbert hatte, denn dieser
Pachulke pörschte sich, wie er bei Stiemwetter
is mit dem Schlitten ieber den zugefrorenen See
gefahren, mittem Zweispänner. Da war, sagte
er, nuscht ausgestirnt, duster war es, schmadd-
rig, bossig, der Schnee stiemte man nur so, als er
fuhr ieber das Eis. Und er sagte wie da pletzlich

im Eis war eine Wune, vielleicht acht Meter breit, eine rein offene Stelle, sodaß er nur hat rufen kennen Herrjehchen! Er pliente auf de Wune, nahm Maß, ließ den Penter auf de Pferdchens sausen und hotzte auf die Wune zu, welche, wie er sagte, acht Meter soll breit jewesen sein. De Pferdchens, sie haben jesprungen, der Schlitten, er schlackerte sein Gewicht ab, und alles kam gut ieber de Wune, nur hinterher, meinte dieser Konopka, fiehlte er sich durchgestuckert.

Darauf nahm Steputat, e ziemlicher Plobucht, das Wort; war vielleicht schon e bißche beschnorchelt, wollte sich vielleicht auch nur schobben im Gespräch, jedenfalls schabbert er los, wie er mit dem Schlitten is jefahren bei Schlackwetter ieber den zugefrorenen See. Das Eis, meinte er, war schon rubblig, auch pladderte es, und er saß auffem Schlitten und freite sich auf Flinsen, da gewahrte er eine Wune, welche soll jewesen sein vierzehn Meter breit. Da half kein Plinsen und kein Trappsen, Pranzeln schon gar nicht, also hat er den Pferdchens de Peitsche jejeben und konnte es, dieser Plobucht, nach seiner Aussage bedingsen, daß er is rieberjekommen mit Pferd und Schlitten ieber de Wune, welche vierzehn Meter breit war.

Kaum hatte er sich zurückgelehnt, da schlakkerte mein Großonkelche, der Bartholomeyzik, das Schweigen ab, fiehlte sich bedimpelt, war auch wohl bedutt was anlangt die Breite der Wune, und dreibastig, wie er war, erzählte er, wie er im Februar is jefahren mit dem Schlitten ieber das Eis. Er will jedacht haben an warme Suppe mit Spirgeln, an warme Wuschen und so weiter, bis sich pletzlich im Stiem eine Wune vor ihm auftat von achtundreißig Meter Breite. Da gabs, meinte er, nix zu drucksen und zu drellen, rieber mußte er, und er schicherte de Pferdchens, machte den Schlitten schneller, denn de Wune wurde nich enger beim Plieren. So, dachte der Bartholomeyzik, erstmal bis hierher, und er machte eine Pause, um den beiden Schlusohren Jelejenheit zu geben, die Breite der Wune zu ermessen. Der Konopka und der Steputat, se waren rein bedutt, waren aber auch bossig, weil nämlich, in ihren Augen, das Großonkelche de Wune hat e bißche zu breit werden lassen. Darum fragen se: Na, und denn sprangen de Pferdchens mit dem Schlitten, na und denn? Worauf der Bartholomeyzik sagte: Na, und denn bin ich abjeblubbert, ertrunken.

1964

Silvester-Unfall

Träge hockte sie neben der schwach leuchtenden Tischlampe, das Gesicht auf die Tür
zur Küche gerichtet. Sie hörte ihn in der Küche
hin und her gehen, hörte ihn in erzwungener
Fröhlichkeit mit sich selbst reden – wobei sie
spürte, daß alles, was er vor sich hinredete, für
sie bestimmt war –, und während sie horchend
dahockte, in dem großgeblümten Kittel, mit den
massigen Schultern und ihrer trägen Verzweiflung, dachte sie, daß es sein letztes Silvester war.
Das Licht per Lampe schnitt einen Halbbogen
aus ihrem Körper heraus, erhellte eine Hälfte
des knolligen, kartoffelartigen Gesichts, des
schlaffen Halses; das Licht fiel auf die linke Seite
ihres formlosen Körpers, auf die lose im Schoß
ruhenden Hände und weiter hinab auf die Füße,
die in altmodischen, kaum getragenen Schuhen
steckten. Sie zuckte zusammen, wenn in der
Küche eine Schranktür zuflog, griff forschend

nach ihrem Knoten im Nacken, besorgt, daß er sich gelöst haben könnte, und legte die Hände wieder in den Schoß. Sie wartete dort, wo er sie niedergedrückt hatte auf den Hocker, bevor er in die Küche gegangen war: den Rücken gegen die Nähmaschine gelehnt, die geschwollenen Beine auf einer Fußbank, und griffbereit unter der Lampe ein Glas Rotwein, das er ihr als Trost dafür hingestellt hatte, daß sie aus der Küche verbannt war. Die alte Frau rührte das Glas nicht an.

Hinter ihrem Rücken lief das Radio. Die Alte hörte nicht zu; geduldig blickte sie auf die braune Tür zur Küche, hinter der Topfdeckel klappten, Geschirr klirrte, sie horchte auf das heftige Rattern des Wasserhahns, erschauerte, wenn Mummer in gewaltsamer Vergnügtheit seine Selbstgespräche begann, oder legte beschwichtigend einen Ellenbogen über ihre schwere Brust, sobald es in der Küche still wurde. Dann, als sie es nicht vermutete, öffnete er die Tür und trat mit leicht vorgestreckten Händen in den Türrahmen.

Eine warme Essenswolke strömte an Mummer vorbei in die Stube, und er stand da in seinem alten, schäbigen Kellnerfrack: ausgezehrt, schwärzlich im Gesicht, gewaltsam grinsend, ein leichter Mann mit einer Jockey-Figur, alt und doch von unschätzbarem Alter; seine Stirn war schweißbedeckt. Triumphierend sah er die Frau an, rieb die Handrücken am Frack ab; dann ging er tänzelnd auf sie zu, zog sie vom Hocker und bot ihr seinen Arm.

»Ich lasse bitten«, sagte er.

»Rudolf, Rudolf«, sagte die Frau, und auch in ihrer Stimme lag träge Verzweiflung. Sie schlappte an seiner Seite durch die Stube, fühlte das Zittern seines Arms, den kalten Druck des Rings in ihrer Hand, und sie sah, daß auf seinem Gesicht immer noch das gewaltsame Lächeln lag, starr und unverändert, so als sei es hineingeschnitten worden in die schwärzliche Haut seines Gesichts. Zusammen gingen sie in die Küche an den Tisch, den Mummer gedeckt hatte. »Rudolf«, sagte sie, »Rudolf«, sagte es kopfschüttelnd, mit müdem Vorwurf, doch er hörte es nicht, bugsierte sie um den Tisch herum zu ihrem Stuhl wie ein Schlepper, der eine schwerfällige Schute an die Pier drückt.

Mummer legte die Hände auf ihren gewölbten Rücken, zwang sie sanft nieder. Dann trug er das Essen auf den Tisch, das er zubereitet hatte: wiegend den Teller mit geriebenem Meerrettich, in kreisendem Schwung die Schüssel mit den Kartoffeln, die Buttersauce, glasiggelb, und zuletzt fischte er aus einem Topf gedünstete Karpfenstücke, ließ sie abtropfen und packte sie triumphierend auf angewärmte Teller. Eifrig bediente, versorgte er sie, mit dem berufsmäßigen Eifer und dem Handtuch über dem Arm, so wie er vor ihr die halbe Welt bedient hatte: die von der Seeluft ewig hungrigen Passagiere der *Patria*, die Besucher der Zoo-Gaststätten, jahrelang, später die wissensdurstigen Kunden im Landungsbrücken-Restaurant, und nach dem Krieg, als sie ihn in den Wartesaal holten, die ungeduldigen Reisenden, denen er mit Eifer und Handtuch Heißgetränke servierte, gestowte Rüben. Lässig setzte er die Teller mit den Karpfenstücken auf den Tisch. Es waren die flach aufgeschnittenen Kopfstücke, von denen eine dünne Dampfwolke hochstieg. Die Augen waren geronnen, quollen weißlich hervor; das Maul war offen wie in grinsender Gier, die Haut des Fisches hatte eine blaßblaue Färbung. Die Frau starrte auf ihr Kopfstück, an dem Gewürznelken klebten, Pfefferkörner, sie glaubte, durch den Dampf das Kopfstück grinsen zu sehen, und sie hob die Hände auf den Tisch und schob den Teller behutsam von sich fort. Mummer merkte es nicht, er entkorkte eine Weinflasche, füllte die Gläser und lächelte triumphierend und hob sein Glas: »Auf unser Silvester, Lucie.«

»Rudolf«, sagte sie. Sie tranken und sahen sich dabei an.

»Ich sollte eine Rede halten«, sagte er.

»Nicht, jetzt nicht.«

»Eine Rede auf unsern Silvesterkarpfen.«

»Tu es nicht, Rudolf.«

»Ich sollte sagen, daß das Alter des Karpfens nach Sommern gerechnet wird, daß er aber nur im Winter schmeckt.«

»Ja, ja.«

»– und daß es im Winter keinen Tag gibt, an dem der Karpfen so schmeckt wie an Silvester.«

»Hör auf«, sagte die Frau, »sei endlich still. Ich will vom Sommer nichts wissen und nichts vom Winter. Von mir aus können sie alle Karpfen zu Seife machen.«

Heftig schob sie ihren Teller noch weiter über den Tisch, nah zu ihm hin.

»Es ist Silvester«, sagte er.

»Ja ... ja, ich weiß, ich seh es dir an, daß Silvester ist. Du siehst aus wie Silvester persönlich.«

Zum ersten Mal verschwand das gewaltsame Lächeln auf seinem Gesicht, er saß jetzt gekrümmt da, die knochigen Handgelenke gegen die Tischkante gestützt, den Blick auf den ziehenden Dampf gerichtet, der aus den Fischstücken hochstieg. Er fror. Er nahm einen Schluck aus seinem Glas, stand auf und trat schräg hinter ihren Stuhl, in der Haltung, in der er sein Leben lang schräg hinter Stühlen gestanden hatte: höflich, erwartungsvoll und bereit. Und da der massige Rücken sich nicht bewegte, das knochige Gesicht sich nicht umwandte zu ihm, ging er dicht an die Frau heran, beugte sich so weit über den Tisch, bis sie ihn bemerkte, und dann sagte er, als wollte er sie auf die Spezialität des Hauses aufmerksam machen: »Ich weiß, Lucie, ich weiß, daß sie mir höchstens noch ein halbes Jahr geben. Sie haben es mir nicht gesagt, ich habe es erfahren, zufällig ... Aber ich werde ihnen zeigen, daß sie sich verschätzt haben; ich werde es bestimmt bis zum Herbst schaffen, Lucie, bis zum zweiten Oktober ... Wenn ich fünfundsechzig bin, bekommen wir von der Versicherung das ganze Geld ... dann müssen die blechen und voll auszahlen. Vielleicht denken sie, daß sie mit der Hälfte wegkommen, wenn ich vor dem fünfundsechzigsten sterbe … aber diesen Gefallen tue ich ihnen nicht … Ich werde es schaffen, Lucie … du kannst dich auf mich verlassen … Ich werde ihnen nicht die Freude machen, dir nur die Hälfte auszuzahlen … diese Schakale in ihren Glashäusern …«

Über ihnen wurde die Spülung eines Klosetts gezogen, rauschend schoß das Wasser durch die Rohre, es gluckerte in der Wand, dann schlug eine Tür zu, und es war wieder still. Draußen war es dunkel geworden. Das Schneetreiben und der Wind hatten nachgelassen. Schwarz und schlaff stand das Catcherzelt auf dem Ruinenplatz, wie ein Segel, ein Segel der Nacht, das keinen Wind fand.

»Glaub mir, Lucie, ich schaffe es.«

»Klar«, sagte die Frau, »was denn sonst.«

Sie betastete den Knoten, zu dem ihr dünnes Haar im Nacken zusammengesteckt war, strich den Kittel glatt und angelte sich von der anderen Tischseite den Teller mit dem Karpfenkopf; munter krümelte sie Meerrettich auf ihren Teller, packte Kartoffeln auf; goß glasige Buttersauce über das Karpfenstück, alles mit heiterer Ungeduld, kleine Zischlaute ausstoßend, und als sie fertig war, sah sie ihn verwundert an, weil er immer noch schräg hinter ihrem Stuhl stand, in der Haltung höflicher Bereitschaft. Jetzt erschien ein unsicheres Lächeln auf seinem Gesicht, er verbeugte sich, ging schnell zu seinem Stuhl und füllte ebenfalls seinen Teller.

»Hoffentlich schmeckt der Fisch«, sagte er.

»An solchem Tag muß er schmecken.«

Sie aßen, sahen sich immer wieder an; die alte Frau schnaufte, stieß Zischlaute des Behagens aus, nickte in nachsichtiger Anerkennung. Er trank ihr zu, steif, wortlos, mit vorgeneigtem Oberkörper, wie sie sich auf dem Schnelldampfer *Patria* zugetrunken hatten. Die Frau räumte die Backen des Fischkopfes aus, nahm den Kopf und belutschte ihn gewissenhaft und wischte die klebrigen Finger am Kittel ab.

Plötzlich wandten beide gleichzeitig das Gesicht zur Tür, schnell, erschrocken, sahen dorthin, ohne etwas vernommen zu haben, in dem geheimen, blitzschnellen Einverständnis, mit dem Vögel gleichzeitig auffliegen, und sie erblickten einen jungen Mann an der Tür, der lässig dalehnte, blond, schmalbrüstig, eine Zigarette schräg übers Kinn und die Arme vor der Brust verschränkt.

»Oh, Ben«, sagte die Frau, »warum mußt du immer so leise gehen? Warum mußt du uns immer erschrecken? Wer soll dir das nur abgewöhnen?«

»Ein Schleicher ist er«, sagte Mummer.

»Kann man noch was zu essen kriegen?« fragte Ben.

»Ich denke, du hast gegessen.«

»Nur Brot, keinen Karpfen. Ruth wird sicher auch gleich kommen, ich traf sie unten am Zelt.«

»Dann sind alle beisammen«, sagte die Frau.

Ben kniff die Zigarette über dem Ausguß aus, hängte schweigend sein Jackett über die Stuhllehne, beobachtete seinen Vater, der ein Karpfenstück aus dem Topf fischte, es schwungvoll servierte und schräg hinter Bens Stuhl stehenblieb; und nachdem er einen Augenblick dort gestanden hatte, sagte er: »Mehr gibt's nicht. Iß langsam, damit du etwas davon hast.«

Während Ben aß, leerte er den Grätenteller, goß der Frau Wein ein, stellte noch einen sauberen Teller auf den Tisch und legte einige Stücke auf, die er bereits auf seinem Teller entgrätet hatte.

»Für wen is'n das?« fragte Ben.

»Für deine Schwester«, sagte Mummer.

»Ich denke, Ruth hat schon gegessen.«

»Satt wird man nur zu Hause.«

Er stellte den Teller auf die Herdplatte, deckte einen Aluminiumdeckel über ihn. Dann ging er ans Fenster, stemmte beide Arme gegen die feuchten Wände und sah hinab in die schwarze Schlucht des Hofes, der zur Straße hin offen war und in den Ruinenplatz überging, auf dem das Catcherzelt stand. Die elektrischen Bogenlampen über der Straße blinkten jetzt klar und kalt. Im Raum unter der Küche begann ein Grammophon zu spielen, durch den Fußboden, den Linoleumbelag hindurch hörten sie die Stimme des Sängers, der darüber klagte, daß die Sterne zu weit sind, zu weit ... Er fand keinen Trost für die Entfernung, seine Stimme wand sich in melodiöser Qual und konnte auch zum Schluß nichts Angenehmeres mitteilen, als daß die Sterne zu weit sind, zu weit. Vom Flur her erklangen Schritte, gingen vorüber, Schlüssel klimperten, eine Tür schnappte auf und fiel zu.

»Ruth«, sagte Ben, »jetzt ist sie nach Hause gekommen.«

In diesem Augenblick trat Ruth in die Küche. Sie war siebzehn, hochhüftig, ihr Körper schmächtig; das hübsche Gesicht unter dem verstrubbelten Haar hatte etwas Verstohlenes und Räuberisches, einen Ausdruck von versteckter Wachsamkeit. Sie trug einen roten, sackförmigen Pullover, schwarze Hosen, die eng an den Schenkeln saßen, über den Knien ausgebeutelt waren, und ihre Füße steckten in schiefhackig gelatschten Wildlederschuhen. Erschöpft ließ sie sich mit dem Rücken gegen die Wand fallen, pustete mit vorgeschobener Unterlippe über ihr Gesicht, kam dann schlaksig näher.

»Auf dem Herd steht ein Teller für dich«, sagte Mummer.

»Karpfen, ich weiß. Man riecht es schon im Hausflur. Na, du herrlicher Bruder? Schmeckt es? Dann will ich dich nicht allein essen lassen.«

Sie setzte sich an den Tisch, wollte wieder aufstehen, um den Teller zu holen, doch da war Mummer schon am Herd: flink, mit lächelndem Eifer bediente er Ruth, brachte den Meerrettich in ihre Nähe, die Buttersauce, auf der jetzt gelbliche Flocken schwammen, ging hin und her hinter ihrem Stuhl, schenkte ein Glas halbvoll ein, wedelte mit dem Handtuch Krümel vom Tisch. Unten erfolgte eine Explosion am Catcherzelt, hart wie ein Hammerschlag. Die Fenster klirrten leise. Sie beachteten die Explosion nicht, hoben nicht einmal den Kopf; schweigend aßen sie zu Ende, tranken die Gläser aus, während Mummer sie unaufhörlich, mit lächelnder Beflissenheit bediente.

Nach dem Essen räumten sie nicht weg, stellten nur die Teller zusammen, warfen die Bestekke in die Kartoffelschüssel und gingen in die Stube. Ruth suchte Musik im Radio, auch aus dem Radio kam die klagende Stimme des Sängers, der aufschluchzend feststellte, daß die Sterne zu weit sind, zu weit. Mummer bugsierte die alte Frau zu ihrem Hocker neben der schwach leuchtenden Tischlampe. Er drückte sie nieder, schob die Fußbank unter ihre geschwollenen Füße, legte das Strickzeug in ihren Schoß. Ben stand unentschlossen an der Tür.

»Was ist denn?« fragte Ruth. »Ich denke, heut ist Silvester.«

»Auf den Tag genau«, sagte Mummer.

»Es sieht aber gar nicht so aus. Es passiert überhaupt nichts ... Ben, merkst du etwas von Silvester bei uns?«

»Ich verzieh mich«, sagte Ben, »weck mich zur Knallerei.«

»Nein, bleib hier, wir werden irgendwas machen. Wir können doch nicht so sitzen und warten, bis es zwölf ist. Silvester ist doch nicht zum Warten da, oder?«

»Mach'n Vorschlag«, sagte Ben.

»In einer Stunde spricht der Kanzler«, sagte Mummer.

»Wer?« fragte Ruth.

»Ihr könntet Blei gießen«, sagte die Frau.

Sie beschlossen, Blei zu gießen. Ben sägte in der Küche von einem Bleirohr schmale Scheiben herunter, schnitt die Scheiben mit dem Messer kaputt, während Ruth eine Schüssel mit Wasser, ein Licht und einen alten Löffel in die Stube brachte. Sie setzten sich auf den Boden zu Füßen der alten Frau, auch Mummer in seinem schäbigen Kellnerfrack setzte sich und zündete das Talglicht an; flackernd warf das Licht ihre vagen Schatten an die Wand, auf ovale Familienbilder, einen gerahmten Ehrenbrief, auf den farbigen

Druck des Schnelldampfers *Patria* – ließ die abgesägten, scharfkantigen Bleistücke an den Schnittflächen aufblitzen, als Ben eine Handvoll auf den Sisalteppich rollte; dann legte Ruth den Löffel neben das Blei und zog ihre Hand schnell zurück.

»Und was kommt jetzt?« fragte sie.

»Der Anfang«, sagte Mummer.

»Ich fange nicht an.«

»Einer muß anfangen.«

»Ben.«

»Und wer erklärt uns das Zeug?« fragte Ben.

»Mutter kann das am besten«, sagte Ruth.

Ben nickte, nahm den Löffel, legte stumm zwei Bleistücke hinein und führte den Löffel in die Flammenspitze; rußend schlug die Flamme hoch, flackerte, leckte in den Löffel hinein, beruhigte sich endlich. Lautlos warteten sie, beobachteten, wie die Bleiklümpchen zusammensackten und wie unter der stumpfen Kruste eine glänzende Zunge hervorkam, sehr langsam und zuckend. Die Alte nahm die Nickelbrille ab, die sie zum Stricken aufgesetzt hatte, und legte einen Ellenbogen auf ihre schwere Brust. Ruth setzte sich auf die Hände, drückte die Zähne in ihre Unterlippe; Mummer rührte sich nicht. Taxierend blickte Ben auf die Schüssel, die bis zum Rand mit Wasser gefüllt war, versicherte sich, daß sie nah genug stand. Seine Hand zitterte, das flüssige Blei schwappte leicht in der Mitte des Löffels, rann vollends unter der stumpf-schimmligen Haut hervor und sah jetzt glatt aus und glänzend.

Er fühlte die Hitze im Löffelstiel, einen brennenden Druck, sein Mund verzog sich, die Lippen schoben sich vor, als wollte er über das flüssige Blei blasen, aber er hielt den Löffel, hielt alles, was glänzend in ihm schimmerte: das Metall und seine Erwartung und das, was die Alte für ihn herauslesen würde – so lange, bis auch das meiste von der Kruste weggeschmolzen war. Da ließ er den Löffel seitwärts abkippen, steil, wie ein getroffenes Flugzeug abkippt; zischend plumpste das Blei in die Schüssel, klirrte am Grund, und noch einmal zischte es, als Ben den Löffel hinterherwarf. Er atmete auf, schlenkerte seine Hand und steckte nacheinander die Fingerkuppen in den Mund. Mummer und Ruth beugten sich über die Schüssel, blickten auf den Grund, auf ein blankes Ding, das wie eine Zwischenform zwischen Galgen und Klosett aussah, mit gleichem Recht aber auch wie ein Rückgrat mit großer Schleife. Ohne hinzuschauen sagte Ben: »Hoffentlich lohnt sich das nächste Jahr, sonst kann es meinetwegen gleich ausfallen.«

»Eine Hose mit einem Propeller unten«, sagte Ruth.

»Die will sicher fliegen«, sagte Ben.

»Ben fliegt nach Mallorca«, sagte Ruth.

»Gib mal her«, sagte die Frau, »ich kann es so nicht erkennen.«

Mummer fischte den gegossenen Gegenstand aus der Schüssel, und die Alte drehte und betrachtete ihn sorgfältig unter der Lampe.

»Du mußt achtgeben, Ben«, sagte sie nachdenklich.

»Bei der Flugreise?«

»Hier ist eine Faust, Ben, und dann etwas, was ich nicht erkennen kann. Es ist aber da. Du mußt vorsichtig sein im nächsten Jahr, Ben.« Sie legte das blanke Bleistück auf die Nähmaschine und sah Ben mit einem Ausdruck dringenden Kummers an.

»Jetzt ist Ruth an der Reihe«, sagte Ben.

»Nein«, sagte Ruth, »ich noch nicht, ich zuletzt. Zuerst möchte ich sehen, was ihr gießt.«

»Soll ich?« fragte Mummer, und bevor er noch auf eine Antwort wartete, füllte er den Löffel mit abgesägten Bleistücken und hielt ihn in die Flamme. Triumphierend blickte er um sich, zwinkernd und selbstgewiß.

Sein ausgestreckter Arm bewegte sich nicht, lag vollkommen ruhig da, als ob eine Stockgabel ihn stützte. Verstohlen seinem Blick ausweichend, beobachtete Ruth ihren Vater, wie er dasaß und sich zu schaurigem Triumph zwang, ihnen zuzwinkerte, wobei sein Gesicht sich einseitig verzerrte, gleich einer Maske, die auf jeder Hälfte anders geschnitzt ist, und sie sagte unwillkürlich: »Nein«, hob das Gesicht, streckte die Hand nach dem Löffel aus und fuhr fort: »Ich möchte jetzt gießen, bitte, laß mich jetzt. Man darf doch den Löffel wechseln?«

»Wenn das Blei noch nicht geschmolzen ist«, sagte die Frau.

»Du kommst nach mir dran«, sagte Ruth, nahm Mummer den Löffel ab, ließ das Blei flüssig werden über der unstet brennenden Flamme und goß, goß ein Stück, das aussah wie ein Pudding mit Hörnern. Die Alte drehte und begutachtete das gegossene Bleistück, wendete es feierlich, tastete über die hornartigen Erhebungen: tonlos entschied sie, daß etwas Bestimmtes auf das Mädchen zukomme, etwas, das sich nicht genau erkennen lasse, aber »es ist im Anzug«, sagte sie. Dann ließ sie sich den Löffel reichen, untersuchte auch ihn und stellte fest, daß es Zeit sei, das Bleigießen zu unterbrechen und die Berliner zu essen, die in einer Schüssel im Herd standen.

Mummer trug die Berliner herein, ging von einem zum andern und bot aus der Schüssel an. Der Teig war warm unter der braunen Haut, der Zuckerguß klebte an den Fingern, und wenn sie hineinbissen, quoll Marmelade aus ihren Mündern hervor, beschmierte die Finger, die Mundwinkel. Ben ging in eine dämmrige Ecke, lautlos, mit seinen schleichenden Schritten; er setzte sich in einen Armstuhl und aß und starrte auf seinen Vater, der die Schüssel nicht aus der Hand ließ, eifrig hin und her ging zwischen ihnen und anbot.

»Du solltest dich hinsetzen«, sagte Ben aus der Ecke.

»Es geht gleich wieder los«, sagte Mummer, »nach den Berlinern wird weitergegossen, und zuerst bin ich dran.«

»Wir sollten aufhören damit«, sagte Ben.

»Warum?«

»Weil es langweilig wird. Es ist für jeden was im Anzug, das genügt. Genauer brauchen wir's nicht zu wissen. Mehr ist ungesund.«

»Ist denn im Radio nichts?« fragte Ruth. Sie drehte an den Knöpfen, es knackte, ein schwingender Jaulton drang aus dem Lautsprecher, dann eine raunende Männerstimme. »Wird nur geredet«, sagte Ruth.

»Das ist der Kanzler«, sagte Mummer.

»Wir werden alle Blei gießen«, sagte die alte Frau; sie wischte sich die Krümel vom Kinn, faßte nach ihrem Knoten und ließ in der anderen Hand den Löffel wippen. »Was wir angefangen haben, machen wir zu Ende, solange das Blei reicht.«

Mummer stellte die Schüssel auf die Nähmaschine. Triumphierend ließ er sich neben dem Licht nieder, scharrte einige Bleistücke in den Löffel und hielt sie in die Flamme.

»Da kommt ein Schnelldampfer raus«, sagte Ruth, »zumindest die *Patria*.«

Bens Augen glühten in der dämmrigen Ecke, er starrte schweigend auf seinen Vater, auf den leicht zitternden Löffel, über dem die Flamme manchmal zusammenschlug, und er dachte an das, was er wußte, und sprang plötzlich auf, als wollte er in letzter Sekunde etwas verhindern, und sagte: »Hör auf jetzt. Mehr brauchen wir nicht vom neuen Jahr zu wissen. Gib mir den Löffel.«

»Gleich bin ich fertig«, sagte Mummer.

»Das ist alles Quatsch«, sagte Ben.

»Die Kruste ist gleich verschwunden.«

»Wir wollen was anderes machen«, sagte Ben.

»Gleich«, sagte Mummer.

Ben stand dicht neben seinem Alten, sah das schwärzliche Halbprofil seines Gesichts, das knochige Handgelenk, das steif aus den Ärmeln herausragte, und ohne ein Wort oder eine Warnung streckte er seine Hand aus, packte das knochige Gelenk des Alten und zwang es zu sich herüber. Die Flamme richtete sich steil auf, als sich der Löffel, der sie niedergedrückt hatte, unter dem Zwang nach oben hob. Das flüssige Blei schwappte gegen den Löffelrand. Ben spürte den unvermuteten Gegendruck in dem Gelenk, das er gepackt hielt, und mit einem Ruck versuchte er, die Hand, die den Löffel hielt, von der Schüssel wegzuziehen. Das flüssige Blei schwappte über den Löffelrand. Er sah die fallenden silbernen Tropfen. Er hörte das Zischen auf seinem Handrücken, noch bevor er den Schmerz empfand und losließ, was er gepackt hatte. Die Bleitropfen sprangen beim Aufprall flach auseinander, und seine Hand sah aus wie von kleinen silbernen Blättern bedeckt. Und als er in seine Ecke zurückwankte, die Finger in den Unterarm gepreßt, den Mund aufgerissen und stumm vor überwältigendem Schmerz, drang aus dem Radio das Ticken einer Uhr, das die letzten Sekunden des alten Jahres zählte, freigab wie eine Frist zu Abschied und Herausforderung und Vorbereitung, und draußen stiegen gegen die sternlose Schwärze der Nacht Raketen auf, Leuchtkugeln, Heuler und rotierende Sonnen.

»Ben«, rief das Mädchen erschrocken, »oh, Gott, Ben, was ist denn passiert?«

»Das neue Jahr hat begonnen«, sagte die Frau.

1958

Der Denkzettel

In Bollerup, Nachbarn, ließ sich der Winter deshalb so gut aushalten, weil jeder auf ihn vorbereitet war. Kaum waren die Felder leer, kaum waren die Mieten aufgeschichtet, die Ställe überholt, die Boote im Schuppen und die Knicks ausgedünnt, da sorgten sie auch schon vor, um den Winter mehr als erträglich zu machen – einen ziemlich einfallslosen Winter übrigens, der sich immer den gleichen Nordost vorspannte, um Grauschleier über die Ostsee zu ziehen, großflockiges Stiemwetter zu inszenieren oder, aber das erst im Januar, löcherige Eisschollen den verkrusteten Strand hinaufzudrücken.

Um sich also auf diesen Winter einzurichten, zogen manche Leute von Bollerup gleich nach den letzten herbstlichen Feldarbeiten in die benachbarten Misch- und Kiefernwälder und ließen da ihre Bandsägen singen. Mit extra schweren Äxten hieben sie Bäume von der Steilküste los, schräg in der Luft hängende Buchen meistens, die der letzte Sturm fast, aber eben nur fast aus lehmigem Boden gerissen hatte. Zugesägt wurde da, aufgeklaftert, mit Hilfe von klingenden Eisenkeilen gespalten, und dann transportierten sie das geschlagene Holz aus allen Richtungen nach Hause und schichteten es auf, in lustvoll hochgezogenen Stapeln, vor allen Ställen, vor den Küchen, so hoch, dass manch einem die Fenster zuwuchsen.

Keiner in Bollerup sägte verbissener, keiner spaltete und schichtete das Holz genüßlicher als Franz Jesper Feddersen, mein Großonkel, den sie hier, solange ich weiß, nur den Pedder nannten, weil er unweigerlich in alles reintrat, dem jeder gefühlvolle Mensch nach Möglichkeit ausweicht. Natürlich genügte es dem Pedder nicht, Freude aus vorsorgender Arbeit zu beziehen; als ob er zwei, wenn nicht gar drei Winter hintereinander erwartete, schichtete er seine harzigen Klafter bis zum Dach auf. Allerdings muß ich zugeben, daß er diese besessene Vorsorge nicht nur seinetwegen traf; sie galt ebenso meiner Großtante Helene Feddersen, einer rechteckigen, übertrieben fröstelnden Person, die auch an Sommerabenden ihren Wintermantel trug. Jedenfalls sagten beide wörtlich von sich, daß sie »mit der Kälte auf Kriegsfuß« stünden – etwas Ähnliches hat man bestimmt schon gehört. Es paßte ganz gut zu diesem Franz Jesper Feddersen, daß er sich, als der Wind nach Nordost umsprang, gegen den beruhigenden Holzvorrat lehnte und, auch wenn dabei die Augen tränten, ausdauernd in den Wind starrte, als erwarte er den Winter persönlich.

Der kam, wie so oft, über Nacht, setzte ganz Bollerup Schneemützen auf, füllte Mulden und machte die Felder scheckig, und dem Schilf am Strand verlieh er eine Starre, daß es bei jedem Luftzug knackte und raschelte. Darauf hatte der Pedder nur gewartet: eifrig und, ich muß es sagen, auch geringschätzig trug er einige Arme voll Holz ins Haus und fütterte den Ofen so ausgiebig, daß sogar die beiden Katzen ins Freie drängten und der Postbote vorübergehend die Sprache verlor. Ich kann mir vorstellen, daß dieser Franz Jesper Feddersen sich zufrieden die Hände rieb, wenn draußen der eisige Wind um sein Haus ging, und daß seine eigensinnige Freude nur wuchs, wenn der Frost am Brandteich mit der Peitsche knallte.

So ein Winter von der herrschsüchtigen Art

war es, als der Pedder eines Tages feststellte, daß seine Holzvorräte gewissermaßen die Schwindsucht bekamen: hier war etwas geschrumpft, dort eingefallen, von den Seiten hatten sich Klafter davongemacht, unter der mit Steinen beschwerten Teerpappe, die alle Stapel vor Nässe schützte, hatten sie sich herausgezogen und das Weite gesucht – es sah ganz danach aus, als wären sie vor seinem Ofen geflohen, der unablässig für zwar würzige, aber beinahe glühende Luft sorgte. Helene hatte das Holz nicht in seiner Abwesenheit verbraucht, das ergab ein einsilbiges Verhör, und da auch der Postbote es nicht mitgenommen haben konnte – er, der niemals fror, der sich sogar mit der Axt scharfkantige Löcher ins Eis hackte, nur, um nicht auf sein winterliches Bad zu verzichten –, und da seine Klafter auch nicht von allein Beine bekommen haben konnten, wurde Franz Jesper Feddersen zunächst nichts anderes als argwöhnisch. Äußerte noch keinen Verdacht, wurde noch nicht unruhig, trug nur, wie gesagt, seinen Argwohn durchs Haus. Der konnte allerdings nicht verhindern, daß in gewissen knirschenden Nächten die Holzstapel abermals schrumpften, besonders die gleichmäßig und

ausdauernd brennenden Buchenkloben verschwanden spurlos, worauf der Pedder, nachdem
er den Milchnapf der Katzen zum zweiten Mal
zertreten hatte, auf stille Art beschloß, sich auf
die Lauer zu legen.

Ich wundere mich nicht darüber, daß seine
Lauer nichts einbrachte, daß er keine gebückten
Schatten entdeckte, die, an der Scheune bedroh-
lich vergrößert, die Stapel plünderten und sich
unter knarrenden Lasten davonmachten – und
zwar deshalb nicht, weil er in der pochenden
Hitze des Hauses schon nach wenigen Minuten
schläfrig wurde und einschlief. Am nächsten
Morgen fehlte etwa die Menge Holz, mit der er,
nach seinen Worten, dem Winter drei Tage lang
eins auswischen konnte.

Mit reichlicher Verzögerung, wie es seinem
Temperament entsprach, suchte er im verharsch-
ten Schnee neben den Holzstapeln nach Fuß-
spuren; da waren Katzen vorbeigeschnürt, seine
eigenen Pelzstiefel hatten Abdrücke hinterlassen,
er entzifferte Helenes Spur und die Spuren von
Kaninchen, und dann, als er schon aufgeben wollte, entdeckte er die befremdlichen Fußstapfen
eines Wesens, das sich sowohl tretend als auch

schleifend vorwärts bewegte. Während der eine Fuß also für ordentliche Abdrücke sorgte, schien der andere nur zischend über den Schnee gefahren zu sein – eine Erscheinung, die Franz Jesper Feddersen so beeindruckte, daß er die Spur verfolgte, durch den Gemüsegarten, gebeugt am schlappen Grünkohl vorbei, weiter über das verschneite Feld in Richtung Hünengrab, und immer noch gebeugt bis zu einem flachen, gleichwohl spurentilgenden Bach. Weiter ging er nicht, weiter lohnte es sich nicht zu gehen. Er sah auf und erblickte die beiden letzten Gehöfte von Bollerup, aus deren Schornsteinen es, wenn auch nicht friedlich, so doch dekorativ qualmte: in einem lebte Jörn, im andern Jens Otto Feddersen, der Dorsch. Grinsend trottete er dann nach Hause, gerade so, als ob er schon genug wüßte, kam also an und fand eine Großtante Helene, die vor Erregung ihr Gesichtszucken bekommen hatte.

Natürlich hatte sie den rapiden Schwund der Holzvorräte entdeckt, und in ihrer vorauseilenden Sorge sah sie sich nicht nur fröstelnd, sondern bereits steif- und festgefroren. »Als Eiszapf«, sagte sie, »wirst sehen, Jesper, daß ich noch als Eiszapf ende, wenn unsere Vorräte so das Laufen kriegen.« Sie wimmerte. Sie erregte sich. Sie drohte zum Fenster hinaus in Richtung Hünengrab. »Herrgott noch mal«, rief sie, oder so ähnlich, »vielleicht hat uns jemand den Kältetod zugedacht, und du, Jesper, siehst zu!« – »Bisher«, sagte der Pedder, »ist noch kein Grund zur Panik, aber damit das Gesichtszucken nachläßt, könnte ich ja was unternehmen.«

Danach trug er gemächlich eine Anzahl Holzscheite in die Wohnung, höhlte diese Holzscheite nacheinander aus, schnappte sich das Säckchen mit Schwarzpulver und machte aus den Scheiten sozusagen hölzerne Granaten. Die Höhlungen wurden sorgfältig verschlossen, die Scheite wieder hinausgetragen zu den Stapeln und dort so verteilt, daß der Dieb, von welchem Ende er auch Pedders Holz abtrug, zumindest ein mit Pulver gefülltes Scheit nach Hause tragen mußte. Das reichte allerdings nicht aus, um Helenes Furcht vor einem Kältetod zu verringern. »Auf die Lauer legen mußt du dich«, sagte sie. »In die kalte Scheune einsperren mußt du ihn«, sagte sie, »und zwar zumindest für drei Tage.« Franz Jesper Feddersen winkte langsam ab und antwortete mit unheilvollem Lächeln: »Was seinen Lauf nehmen soll, hat schon seinen Lauf genommen, denn letzte Nacht ist wieder Holz verschwunden.«

Während Helene Feddersen jammernd die Hände rang, die verbliebenen Holzscheite abzählte und sogar erwog, sie mit verräterischer Farbe zu streichen, schleppte der Pedder wortlos zwei bequeme Stühle vor das Fenster, das den Blick in Richtung Hünengrab freigab, nötigte die Frau, Platz zu nehmen und die Dächer der beiden letzten Gehöfte, insbesondere das von Dorsch Feddersen, »still im Auge zu behalten«, wie er sagte. Und er sagte auch: »Warum alles aus mißlicher Nähe regeln, wenn es auf Entfernung viel unterhaltsamer geht?« Und dann warteten sie noch ein bißchen länger, noch etwas, meinetwegen können sie Tee mit Kandis trinken oder zwischendurch eine Fliederbeersuppe löffeln, die ja auch gegen Kälte gut ist – jedenfalls müssen sie sich bis zu violetter Winterdämmerung gedulden.

Gerechter Lohn des Wartens: auf einmal spielte Jens Otto Feddersens Ofen in seinem Haus Silvester. Nach einer schön gezackten Stichflamme schossen sprühende Wunderkerzen durch die Fenster, flammende Knallfrösche hüpften zum

Bach hinab, eine helle, rotierende Sonne stieg in die Luft, und das schwere, das schneebemützte Dach lüftete sich ein wenig und sackte mit gestöhntem U-Laut wieder zurück – so tief, daß es auf dem Haus lag wie eine Mütze, die man viel zu tief in die Stirn gezogen hat. Eine Feuersbrunst entstand nicht.

Franz Jesper Feddersen forderte seine Frau auf, sich kältegerecht anzupellen, warf selbst die gefütterte Joppe über, und dann stiefelten sie beide in Richtung Hünengrab und weiter zu den letzten Gehöften, wo ein versengelter Dorsch hastig Hausrat und wertvollen Besitz ins Freie trug, unter anderem auch sein aus Eiche angefertigtes Holzbein für sonntags. Bevor ihm Pedder seine Hilfe anbot, erkundigte er sich teilnahmsvoll nach dem Grund des Unglücks. »Ach«, sagte Jens Otto Feddersen, »war man nix als der Ofen, ist einfach vor Altersschwäche explodiert.« – »Soll vorkommen«, sagte der Pedder, »aber ich hab auch schon gehört, daß manche Öfen nur deshalb explodieren, weil ihnen ein gewisses Holz nicht bekommt.« – »Das«, sagte der Dorsch, »kann gut sein, darum werde ich mir nächstens das Holz von weiter weg herholen.«

Die Schärfe der Kufen

Natürlich soll alles leicht und schlank sein beim Eis-Segeln, und so hatten wir Sperrholz für die Sitze genommen, Bambus für den Mast, und als Segel zogen wir eine rote Leinwand auf: die stand für nettes Wagnis und Gefahr. Drei Schlittschuhe, die wir an leichtes, aber hartes Holz genagelt hatten, spielten die Kufen – zwei an den Seiten, einer achtern unter dem luftigen, schmalen Kreuz –; als Steuerpinne hatte sich uns ein trockener, halber Stiel angeboten, und was an Tauwerk nötig war, hatte einst Postsäcke zusammengehalten. Alles war schlank und gewichtslos, ein offener Entwurf, den der Wind zu vollenden hatte, ein Angebot an den Fallwind bei der Domäne, eine Aufforderung für den verläßlichen Wind in der Baranner Bucht. Ohne Eindruck und Gewicht, war unser Eisschlitten eher eine Verheißung oder Möglichkeit als schon ein Versprechen, und wir trugen ihn eilig und mühelos zum eisverkrusteten Steg des Bootshauses am Lyck-See hinab.

Da war eine Ungeduld im Schlitten, eine Neigung zum Gleiten, obwohl er noch nicht unter dem roten Segel stand, sondern nur ungetakelt im böigen kalten Wind, der ihn gleich anfiel und erprobte. Und als ich das Segel setzte, mußte Rudi den Schlitten halten, so ruckte und schüttelte er sich; immer gefährdet, seitlich wegzukippen, umzuschlagen, immer darauf aus, über das schieferdunkle, nur von schmalen, sichelförmigen Wehen bedeckte Eis davonzuflitzen. Das Segel schlug gleich und flatterte und verlangte dringend nach einer Erlaubnis, und da nickten wir uns zu und schoben an und sprangen auf.

Der Wind war aufrichtig, er bewies uns gleich seine Unzufriedenheit und drückte uns zur Insel mit dem weißen Gefängnis hinüber, aber wir waren anscheinend glücklich, zogen die Mantelspitzen über die Knie, lernten entspannt zu sitzen, doch ja, wir waren glücklich, während die Notkufen knisterten und drei sehr schmale, scharfe Linien in das dunkle Eis schnitten, die unsere sichtbare Spur darstellten. Wir ließen dem Wind seinen Einfall und waren einverstanden mit dem Kurs, glitten hart, angestrengt, jedenfalls weniger schnell, als wir gedacht hatten, auf das weiße Gefängnis zu, parallel zur Brücke und dem befestigten Damm, den glasiertes Weidengesträuch flankierte. Unterhalb des Dammes lagen auf hölzernen Böcken kieloben die Ruderboote, die uns der Verleiher im Sommer für eine halbe Stunde überließ, wenn wir sie am Vormittag leer schöpften; ihre Kiele waren mit Reif gepudert wie mit Farin, Lacke und Farbe lösten sich da schon unter dem scharfen Fingernagel des Frosts, und die Boote sahen jetzt gar nicht aus, als ob man etwas mit ihnen erleben könnte. Sie kamen mir unbegabt vor für den See, und ich stellte mir vor, daß sie ertrinken könnten – so, wie sie dort lagen unterhalb des Dammes hinter dem schiefgedrückten Bootssteg, für dessen graugescheuerte Pfähle das Eis eine kurzfristige Garantie gegeben hatte: im Frühjahr würden sie ersetzt werden müssen.

Das fordernde Rot unseres Segels konnte den Wind nicht beeindrucken, der uns stetig zur Insel hinüberzwang, das weiße glitzernde Gefängnis wachsen und wachsen ließ, bis wir auf einmal in seinen Schatten gerieten, ausglitten, mit schlaffem, nur noch fächelndem Segel unter den Blicken der Gefangenen lagen, die die Fenster besetzt hielten. Ich glaube, die Gefangenen baten uns stumm, weiterzufahren; sie wünschten sich, uns in Bewegung zu sehen. In der stillen Beharrlichkeit, mit der sie uns beobachteten, lag die Aufforderung, ihnen das nutzlose Glück der Bewegung vorzuspielen. Aber Rudi hatte etwas am achteren Steuerschlittschuh auszusetzen, dessen Drehfähigkeit er zunächst biegend und hämmernd verbesserte, bevor wir von neuem anschoben, aufsprangen und zu den vergitterten Fenstern hinaufwinkten, hinter denen unser Winken langsam, fast nur angedeutet, erwidert wurde. Weit vor uns in Richtung Sybba, dort, wo die tiefste Stelle unseres Sees sich befinden sollte, brachte der Wind die schmalen Schneewehen in Aufruhr, sammelte sie, warf sie stäubend in die Luft, machte sich zierliche Kreisel aus ihnen und entrollte sie zu unterwürfigen Wimpeln, die er dann dem Schilf schenkte. Dorthin wollten wir, und wir glitten aus dem Windschatten des weißen Gefängnisses hinaus, und gleich drückte ein unglaubliches Knie auf uns, der Bambus bog sich und knackte, der Schlitten hob sich seitlich, ließ eine Kufe frei in der Luft hängen, und das Segel war einverstanden mit der Kraft, die es prüfte. Jedesmal, wenn wir über Risse im Eis glitten, die der Frost besorgt hatte, ruckte und hüpfte der leichte Schlitten, und ich hatte schon Angst, die Kufen würden von den Blöcken abbrechen, doch wir sackten nicht durch.

Wir flitzten knapp vor dem braunen Schilfgürtel, parallel zum verschneiten Uferweg, zunächst am Böhmer-Denkmal vorbei, wo rostige Konserven, Flaschen und Zeitungen, deren Schrift nur noch schwach oder schon gelöscht war, an den Sommer erinnerten, an behäbiges und freimütiges Badeleben, das sich aus unerklärlichen Gründen für einen Ort entschieden hatte, an dem der Major Böhmer ertrunken war und wo Binsen, Schilf und kauzig gewachsene Kalmuswurzeln lediglich eine sehr schmale Bucht freigaben, deren Wasser trübe war, deren Grund die samtene Glätte des Schlamms besaß. Jetzt hockten Angler auf ihren Holzkästen dort, gekrümmt unter dem Wind, manche mit kaltem Glitzern im Schnauz, und sie hoben und senkten den kurzen Stock mit der Schnur, blickten in die gezackte, sorgsam geschlagene Wune, neben der hartgefrorene

Fische lagen. Schwerfällig wandten sie sich um bei unserem scharfen Kufengeräusch, doch sie hatten noch nicht einmal die Warnung überdacht, da waren wir schon leicht und rot vorbei und ließen sie zurück gegen einen Hintergrund nackter Erlen.

Das Eis seufzte unter den Kufen, deren Spur klar und dünn war, von drei Diamanten gerissen, die der Wind führte mit Hilfe unseres Gewichts. Warum nur keine anderen Eissegler zu sehen sind, dachte ich und dachte: der See gehört uns allein und er eignet sich als unser Besitz mehr als alles andere, weil er so schnell ist unter uns oder wir auf ihm. Wir zitterten nur und verlangten nach mehr, als wir an der steilen Böschung des Rennplatzes vorüberflogen, dort, wo das feldgraue Unglück exerzierte und sich bereit machte und wo wir unter Schnee, Dreck und vergeßlichem Sand leere Patronenhülsen suchten – rasch und spielerisch vorbei, und gleich darauf, vor dem verläßlichen Wind der Baranner Bucht, in leichtem Bogen Richtung Sybba zur tiefsten Stelle des Lyck-Sees, der sich, wie viele der dreitausend Seen in Masuren, bei der Ablagerung des Moränenschuttes gebildet hatte, wem das etwas sagt.

Jetzt machte der Wind aus unserem Schlitten einen Vogel, er warf und schleuderte uns nur so über das dunkelglänzende Eis, stellte uns schräg, drückte den Bug – oder doch das, was wir an unserem Brettkreuz den Bug nannten – aus dem Kurs, und überstäubte uns mit trockenem Hagelschnee, so daß wir keine Zeit hatten, der Tiefe des Sees innezuwerden. Diese feinen, stechenden Schmerzen überall: das war die Freude, und das war auch die Angst, daß das Tauwerk reißen könnte, aber die gewachsten Schnüre vibrierten nur im Wind und ließen sich nicht ihre Spannung nehmen, sosehr wir auch geschüttelt wurden, nein, nicht geschüttelt, sondern mit einem unglaublichen Katapult über das Eis geschossen, zur Wittko hin, zu der flachen Halbinsel, wo ein gemütlicher Schießstand war und wo sie an Sommertagen, das Bier in Reichweite, ihren Pappkameraden gemütliche Herzschüsse beibrachten. Da sahen wir die Besen im Eis, Stangen mit einem Strohwisch dran, und wir verstanden die Warnung. Rudi befahl etwas der Pinne, und die Pinne überzeugte sogleich den achteren Steuerschlittschuh, worauf wir mit knatterndem Segel abdrehten. Wir fuhren um die Wittko herum. Wir fuhren so, daß wir uns nicht festhalten mußten, und wir waren sehr glücklich und sprachen kein Wort miteinander.

Eine Bucht öffnete sich, doch wir fuhren nicht hinein, denn die Bucht war gefüllt mit geschnittenen Kiefernstämmen, die im Eis festgefroren waren, ein ganzes Floß war festgefroren, und die Flößer waren zu Hause, tranken Nikolaschka und verwechselten ihre Kinder. An den Stämmen, deren Schnittflächen gelblich leuchteten, saß eine beratende Versammlung von Krähen, die sich bei unserem Anblick protestierend erhob, sich mit hochgestellten Flügeln dem Wind anbot, Richtung Sperrholzfabrik abwinkelte. Wie mochte unser Schlitten von vorn aussehen? Wie von der Seite? Man müßte sich selbst sehen können, dachte ich, hier und da, beteiligt und unbeteiligt: dann wäre das Gefühl vollkommen und die Einsicht in das Geheimnis dieser Bewegung, die sowohl dem Gleiten entsprach wie dem Flug.

Vor den Stämmen lagen höhere und breitere Schneewehen, doch sie zwangen uns nicht zum Halten, verringerten nur unsere Fahrt. Ich blickte auf das dunkle Eis, das mehr als einen halben Meter dick war und in seinem Innern, in einem

ganz und gar durchsichtigen Gefängnis, Luftblasen und Binsen und Borkenstücke gefangenhielt.
Der Grund des Lyck-Sees allerdings war nicht
zu erkennen. Vielleicht hätte ich ihn erkannt,
wenn wir angehalten hätten, doch wir hatten nur
den Wunsch, eilige Erfahrungen mit dem See zu
machen, und so flogen wir nach Sybba hinunter.

Da waren Arbeiter einer Brauerei beim Eis-
schneiden. Sie hatten sich ein Viereck abgesteckt,
gekennzeichnet, und dann sägten sie mit einer
Handsäge gleich große Blöcke aus dem Eis, fisch-
ten sie mit Bootshaken auf, schoben die Blöcke
knirschend zum Ufer, wo andere Männer sie
in Empfang nahmen und über Gleitbalken auf
einen Schlitten luden. Die Blöcke schimmerten
und gefielen mir sehr, und ich fand sie durchaus
geeignet für ein Spiel, obgleich ich das Spiel mir
selbst nicht vorstellen konnte.

Wir winkten den Arbeitern zu, die nicht zurückwinkten, sondern nur dastanden mit ihrer
schwerfälligen Bedenklichkeit, und wir mochten
sie nicht, nein, und wie wenig wir darauf ange-
wiesen waren, daß sie zurückwinkten, zeigte
Rudi ihnen, indem er unseren Eisschlitten nach
Sybba lenkte gegen die grünschwarze Flanke des

Waldes. Dort fuhren wir dicht ans Ufer, kreuzten ein bißchen, immer auf und ab vor den Buden, Fischkästen und Netzstangen der Sybbaer Fischer. Weil niemand zu sehen war, wendeten wir und segelten am Wind zurück – etwas gekränkt, das muß ich wohl zugeben. Aber auf der winterlichen Seepromenade waren Leute zu erkennen, und wir nahmen Kurs auf sie, hielten auf Lyck zu, das sich dem östlichen Ufer anschmiegte auf seiner ganzen Länge, vom Wasserturm bis zur Mündung des Lyck-Flusses. Ich dachte daran, jemanden, den wir gar nicht kannten, zu einer Fahrt einzuladen, das wäre etwas gewesen, aber außer Rudi und mir hätte niemand auf unserem Eisvogel Platz gefunden.

Wieder an der Wittko vorbei, der Wind ließ nach, und als der Schlitten plötzlich hüpfte und stumpf ruckte, sah ich im Eis eine Anzahl toter, festgefrorener Wildenten, über deren steife Körper unsere Kufen nur so hinschnitten. Es waren zwanzig oder sogar dreißig Wildenten, die im Schlaf festgefroren waren. Ich hätte gern angehalten und mir eine Ente aus dem Eis gehackt, aber der Schlitten machte einen Satz, als ob er elektrisch gezündet wäre, schien sich hochzustellen und ohne Berührung mit dem Eis Ohles Flußbadeanstalt zuzufliegen. So schnell wie wir hatte sich noch niemand der Flußbadeanstalt genähert. Das befestigte Ufer erwachte aus seiner Starrheit und stürmte auf uns zu, und wir entbehrten nichts mehr, außer vielleicht einigen Zuschauern, aber sonst nichts. Ich sah das Sprungbrett, die Umkleidekabinen und die zierlichen Papierkörbe, die an Bäume genagelt waren, obwohl meine Augen tränten, und dann sah ich auch, auf der hölzernen Seufzerbrücke, einen Mann, doch er überquerte die Brücke nur, ohne uns zu bemerken.

Es ist wahr, ich hatte nicht gedacht, daß unser Eisschlitten sich so aufbäumen, so taumeln könnte wie kurz vor der Flußbadeanstalt, doch der Wind stellte mühelos den Mast schräg und das Bretterkreuz, so daß ich abrutschte und auf dem Rücken über das Eis trudelte, bis mich eine Schneewehe auffing. Aber Rudi ließ sich nicht abwerfen, das erkannte ich, er bot alles auf, um den Schlitten mit einem Manöver gegen den Wind zu stellen, doch Pinne und achterer Steuerschuh ließen sich nicht von ihm überzeugen, und er flog der Flußmündung zu, der offenen,

geriffelten Stelle, die nie fror, weil da die Strö-
mung dem Eis widersprach. Er flitzte in das offene Wasser, und ich dachte, der Wind werde ihn
unaufhörlich weitertragen.

Aber dann sackte der Schlitten durch, mitten
im Wasser schlug er auf und wippte, und das Segel flatterte nur mäßig, neigte sich tief und tiefer.

Es verlor sein Rot.

Es wurde schwarz vor Nässe, noch bevor es
flach und erstaunlich langsam ganz niedergedrückt wurde.

1965

Eisfischen

oder Was man mit Hechten erleben kann

Auch im Winter ist mit unserm See noch was los. Man muß nur warten, bis das Eis dick und blau geworden ist, und am liebsten läßt man überhaupt erst einen Schlitten mit Pferden darüberfahren, bevor man durch den braunen, knackenden Schilfgürtel geht. Wenn sich kein Schlitten mit Pferden sehen läßt, genügt es auch, die Luftblasen und Äste und Flaschen zu zählen, die in der Tiefe des Eises einfrieren, und wenn genug eingefroren ist, und man kommt nicht weiter mit Zählen, dann kann man gleich mit Anlauf raufglitschen.

Was am allerbesten ist? Am allerbesten ist, wenn die Eisfischer kommen auf ihren flachen kleinen Schlitten, die sie mit einer Stange vorwärts schieben. Die Eisfischer haben immer was zu rufen, ich weiß nicht, warum, und wir hörten die Rufe »Hooo-oh« oder »Hooo-ah«, noch bevor sie um die nackte Halbinsel bogen.

Da tickten wir erst gar nicht mit den Absätzen ans Eis. Sobald die Eisfischer zu hören waren, flitzten wir gleich durch die Schneewehen am Ufer. Wir nahmen Anlauf. Und tsss, so glitten wir ihnen entgegen, und der Schwung war so groß, daß man noch auf dem Rücken weiterrutschte, wenn man hinplumpste auf der glatten, glatten Fläche.

Zuerst tranken die Eisfischer Kaffee, das war nun mal so. Sie saßen auf ihren flachen Schlitten in einem Kreis. Die Eisfischer hatten Schnauzbärte, daran hingen kleine Eiszapfen, und ihre Augenbrauen waren mit Rauhreif gepudert. Die sahen schon so aus wie der Januar, ganz gewiß. Ihren Kaffee tranken sie etwas zu langsam, sogar im Schneegestöber.

Dann rief einer »Hooo-oh«, und die anderen nahmen von einem Schlitten Äxte und Eisenstangen, die bekam das Eis jetzt zu spüren. Die Eisfischer hackten und pickten. Das splitterte nur so und brach und seufzte. Manche Splitter funkelten wie buntes Glas. Die Eisfischer hackten so lange, bis da ein großes Loch im Eis war, und dann stellten sie zuerst Stangen mit einem Strohwisch auf. Jetzt wußte jeder: Hier heißt es aufpassen. Das Loch war vielleicht viermal so groß wie ein Küchentisch, das genügte.

Wieder rief einer »Hooo-oh«; – ohne zu rufen, bekamen die wohl nichts fertig. Sie schleppten das glitzernde, steifgefrorene Netz zum Loch. Das Netz knisterte. Es sang. Es hörte sich an wie eine sehr dünne Stimme, die sang, als sie das steifgefrorene Netz zerrten und zogen. Dann drückten sie das Netz mit Stangen in das Loch und schoben die Stangen unter das Eis. Wir kannten das schon. Mit Hilfe der Stangen zogen die Eisfischer eine Leine unter dem Eis entlang. Die Leine lief in einem Bogen und öffnete das Netz, das sich ganz vollgesogen hatte und auf Grund lag. Die Eisfischer hackten noch viele kleine Löcher, um die Leine immer weiter zu ziehen, und neben jedem Loch stellten sie einen Strohwisch auf. Geld hatte sicher keiner von den Eisfischern in der Tasche. Aber eine Flasche, die hatte jeder. Und wenn sie nicht »Hooo-oh« riefen, dann mußten sie einen langen Schluck aus der Flasche nehmen. Wir versuchten erst gar nicht, die Schlucke zu zählen.

Auf zwei Schlitten waren braune Tonnen drauf; die konnten sich drehen. Und als die Eisfischer weit genug von dem großen Loch entfernt waren, holten sie die Leine herauf. Sie legten sie um die Tonne, und die Tonne drehte sich, und die Leine wurde straff und zitterte. Jetzt sang die Tonne. Zwei Eisfischer drehten sie. Die Leine fror gleich an der Luft zu einer weißen Schlange. Da liefen wir dem Netz entgegen, das unter dem Eis langsam und stetig wanderte mit seinen offenen Flügeln. Wir legten uns auf das dunkle, durchsichtige Eis. Unten wanderte das Netz in aller Stille über den Grund, mehr kann man nicht sagen.

Die Tonne hörte nicht auf mit ihrem quietschenden Gesang, und einige Eisfischer schlugen wieder ein großes Loch. Hier sollte das Netz herausgeholt werden. Wir standen neben dem Loch und beobachteten den braunen Grund. Ffft, ffft, so zuckten da die Fische durcheinander, sehr schlank oder spindelförmig. Immer mehr Fische wurden es, die flohen vor dem stetig wandernden Netz mit den offenen Flügeln. Die Eisfischer freuten sich über das Gewimmel, und einer rief »Hooo-oh«, danach schnaubte er in sein Taschentuch.

Aber jetzt wurde das Wasser unruhig. Es brauste. Es riffelte sich. Die Eisfischer kloppten sich die Hände warm, so heißt das. Das Wasser schäumte nur so von all den aufgeregten Fischen, und einige schnellten sich in die Luft. Nun waren die Flügel des Netzes zu sehen. Da steckten Schilfplötze drin mit rot leuchtenden Flossen. Die Eisfischer zogen die Flügel zusammen und hoben das Netz auf das Eis; dann schüttelten sie die Fische aus. Die Fische hopsten und sprangen auf dem Eis, viele Fische: dunkelgrüne Barsche, die ihre Stacheln aufrichteten, silberne Brassen, Schleie, Zander und fünf silbergrüne Hechte mit Mäulern wie Entenschnäbel. Die Fischer sortierten die Fische in Holzkästen. Die kleinen Fische schenkten sie uns.

Natürlich wollten wir am liebsten einen Hecht haben, denn das ist der beste Fisch in unserem See. Aber einen Hecht wollten die Fischer uns nicht schenken. Und einen aus der schuppenbedeckten Kiste nehmen, das konnten wir nicht, weil jeder Eisfischer die fünf Hechte gezählt hatte. Langsam gezählt.

Nun wußten wir aber schon, daß jeder Räuber seine Beute abgibt, wenn er ertappt wird; darüber wundert man sich nicht mehr. In unserm See ist der Hecht der schönste und stärkste Räuber. Wir sahen uns die fünf Hechte in der Kiste aufmerksam an. Die Eisfischer tranken wieder mal Kaffee. Ein Hecht war sehr dick und atmete auch angestrengt. Wir massierten seinen silbernen Bauch. Wir hoben ihn am Schwanz in die Höhe. Plötzlich spuckte er einen kleinen Hecht aus, den er kurz vorher verschluckt hatte. Den hatten die Eisfischer nicht gezählt, und als sie sahen, daß wir einen Hecht hatten, gingen sie gleich zur Kiste und zählten nach, einmal und noch einmal: Da waren immer noch fünf drin. Jetzt strichen sich die Eisfischer die kleinen Eiszapfen aus dem Schnurrbart und wunderten sich, und weil sie sich lange wundern können über etwas, wundern sie sich vielleicht auch heute noch.

Als sie mit ihren flachen Schlitten davonfuhren, riefen sie »Hooo-oh«. Da riefen auch wir »Hooo-ah«, und es klang wie »Hob Dank«.

1966

Zeittafel

1926

Siegfried Lenz wird am 17. März als Sohn eines Zoll-
beamten in Lyck (Masuren/Ostpreußen) geboren.

1932–1943

Schulbesuch in Lyck und Samter.

1943–1945

Notabitur, dann Einberufung zur Kriegsmarine; nach
viermonatiger Ausbildung erstes Bordkommando auf
der »Admiral Scheer«; nach Bombardierung des Schiffes
stationiert in Dänemark. Desertion kurz vor dem Zu-
sammenbruch. Lenz gerät in englische Gefangenschaft
und wird als Dolmetscher einer amtlichen Entlassungs-
kommission eingesetzt. Noch 1945 Entlassung nach
Hamburg.

1946–1950

Studium der Philosophie, Anglistik und Literaturwissen-
schaft an der Universität Hamburg; Lenz will
zunächst Lehrer werden. Finanzierung des Studiums
überwiegend durch Schwarzhandel. Erste kleinere
Rundfunkbeiträge für den NWDR in der Sendereihe
»Wir erinnern an …«.

1948/1949

Volontariat bei der englischen Besatzungszeitung *Die Welt*, für die er auch schon während des Studiums gearbeitet hatte. Dort lernt Lenz seine spätere Ehefrau Liselotte kennen.

1949

Heirat.

1950/1951

Nachrichten-, dann Feuilletonredakteur bei der *Welt*.

1951

Der erste Roman *Es waren Habichte in der Luft* erscheint; er war zuvor in der *Welt* als Fortsetzungsroman abgedruckt worden. Seitdem lebt Lenz als freier Schriftsteller in Hamburg und im Sommer in Lebøllykke auf der Insel Alsen (Dänemark).

1952

Anschluß an die Gruppe 47. Noch in der Versuchsphase des NWDR-Fernsehens schreibt Lenz das Drehbuch zum Fernsehspiel *Inspektor Tondi*. Im NWDR-Hörfunk wird sein erstes größeres Hörspiel *Wanderjahre ohne Lehre* gesendet.

1953

Duell mit dem Schatten, Roman.

1954

Die Nacht des Tauchers, Hörspiel.

1955

So zärtlich war Suleyken. Masurische Geschichten, Erzählungen (Verfilmung fürs Fernsehen 1971/1972). *Der Hafen ist voller Geheimnisse*, Hörspiel. *Die verlorene Magie der Märkte*, Hörspiel. *Das schönste Fest der Welt*, Hörspiel.

1956

Die Muschel öffnet sich langsam, Hörspiel. *Resignation in Baccar*, Hörspiel. *Die neuen Stützen der Gesellschaft*, Hörspiel.

1957

Der Mann im Strom, Roman (1958 mit Hans Albers verfilmt; Neuverfilmung 2005).

1958

Jäger des Spotts. Geschichten aus dieser Zeit, Erzählungen.

1959

Brot und Spiele, Roman (auch verfilmt).

1960

Das Feuerschiff, Erzählungen (Verfilmung 1963). Mitglied der Freien Akademie der Künste in Hamburg.

1961

Zeit der Schuldlosen – Zeit der Schuldigen, Hörspiele. *Zeit der Schuldlosen*, Drama (Bearbeitung der Hörspiele, verfilmt 1964); Uraufführung durch Gustaf Gründgens am 19. September im Deutschen Schauspielhaus, Hamburg.

1962

Stimmungen der See, Erzählungen.

1963

Stadtgespräch, Roman.

1964

Lehmanns Erzählungen oder So schön war mein Markt. Aus den Bekenntnissen eines Schwarzhändlers, Erzählung.
Das Gesicht, Komödie; Uraufführung am 18. September im Deutschen Schauspielhaus, Hamburg.

1965

Der Spielverderber, Erzählungen. Beginn seines Engagements in der Sozialdemokratischen Wählerinitiative (bis Anfang der siebziger Jahre).

1966

Die Enttäuschung, Hörspiel.

1967

Haussuchung, Hörspiele. *Das Labyrinth*, Hörspiel.

1968

Deutschstunde, Roman (1970 fürs Fernsehen verfilmt); bis heute über 2,25millionenmal weltweit verkauft. *Leute von Hamburg*, Erzählung.

1968/1969

Vortragsreisen nach Australien und in die USA mit Gast-
professur an der University of Houston, Texas.

1970

Lenz reist auf Einladung von Willy Brandt zusammen
mit Günter Grass nach Polen zur Unterzeichnung des
Warschauer Vertrages. *Beziehungen. Ansichten und Bekennt-
nisse zur Literatur*, Essays. *Die Augenbinde*, Schauspiel;
Uraufführung am 28. Februar im Düsseldorfer Schauspielhaus. *Nicht alle Förster sind froh*, Dialog.

1973

Das Vorbild, Roman. Mitglied der Deutschen Akademie
für Sprache und Dichtung, Darmstadt.

1975

Der Geist der Mirabelle. Geschichten aus Bollerup, Erzählungen.
Einstein überquert die Elbe bei Hamburg, Erzählungen.

1978

Heimatmuseum, Roman (Fernsehfilm 1988).

1979

Lenz lehnt den Verdienstorden der Bundesrepublik
Deutschland (Bundesverdienstkreuz) zusammen mit
Heinrich Böll und Günter Grass ab.

1980

Drei Stücke, Dramen. *Gespräche mit Manès Sperber und Leszek Kolakowski.*

1981

Der Verlust, Roman.

1982

Über Phantasie. Gespräche mit Heinrich Böll, Günter Grass, Walter Kempowski, Pavel Kohout.

1983

Elfenbeinturm und Barrikade. Erfahrungen am Schreibtisch, Essays.

1984

Ein Kriegsende, Erzählung (als Filmerzählung für das Fernsehen geschrieben).

1985

Exerzierplatz, Roman.

1986

Zusammen mit Liselotte Lenz *Kleines Strandgut. 48 Farbstiftzeichnungen.* Erwerb des Sommerhauses in Tetenhusen (bei Schleswig).

1987

Das serbische Mädchen, Erzählungen (1990 auch verfilmt).

1988

Die Bergung, Hörspiel.

1990

Die Klangprobe, Roman.

1992

Über das Gedächtnis. Reden und Aufsätze.

1994

Die Auflehnung, Roman.

1996

Ludmilla, Erzählungen. Beginn der Werkausgabe in Einzelbänden.

1998

Über den Schmerz, Essays.

1999

Arnes Nachlaß, Roman. Abschluß der 20bändigen Werkausgabe.

2001

Mutmaßungen über die Zukunft der Literatur, Essays.

2003

Fundbüro, Roman.

2004

Zaungast, Erzählungen.

2006

Aus Anlaß des 80. Geburtstags von Siegfried Lenz erscheinen seine sämtlichen Erzählungen in einem Band (*Die Erzählungen*) und die Essaysammlung *Selbstversetzung. Über Schreiben und Leben.*
Verfilmung von *Der Mann im Strom*.

2008

Schweigeminute, Novelle.
Verfilmung von *Das Feuerschiff.*

2009

Landesbühne, Novelle.
Die Versuchsperson, Stück.

2010

Verfilmung von *Die Auflehnung.*

2011

Die Versuchsperson. Harmonie, Stücke.
Die Maske, Erzählungen.

2012

Amerikanisches Tagebuch 1962, Reisebericht.

2014

Gründung der gemeinnützigen Siegfried Lenz Stiftung und Einrichtung des Siegfried Lenz Preises.
Siegfried Lenz stirbt am 7. Oktober 2014 in Hamburg.

Auszeichnungen,
Ehrungen und Preise

1952
René-Schickele-Preis

1953
Stipendium des Lessing-Preises der Freien und Hansestadt Hamburg

1961
Gerhart-Hauptmann-Preis der Freien Volksbühne
Berlin; Ostpreußischer Literaturpreis

1962
Georg-Mackensen-Literaturpreis; Literaturpreis der
Freien Hansestadt Bremen

1966
Großer Kunstpreis des Landes Nordrhein-Westfalen für
Literatur; Hamburger Leserpreis

1970
Literaturpreis Deutscher Freimaurer (Lessing-Ring)

1976
Ehrendoktorwürde der Universität Hamburg

1978

Kulturpreis der Stadt Goslar

1979

Andreas-Gryphius-Preis

1984

Thomas-Mann-Preis der Hansestadt Lübeck

1985

Manès-Sperber-Preis der österreichischen Regierung;
DAG-Fernsehpreis

1986

Plakette der Freien Akademie der Künste in Hamburg

1987

Wilhelm-Raabe-Preis der Stadt Braunschweig

1988

Friedenspreis des Deutschen Buchhandels

1989

Literaturpreis der Heinz-Galinski-Stiftung

1993

Ehrendoktorwürde der Ben-Gurion-Universität (Israel)

1995

Bayerischer Staatspreis für Literatur (Jean-Paul-Preis)

1996

Hermann-Sinsheimer-Preis für Literatur und Publizistik
der Stadt Freinsheim

1997

Adolf-Würth-Preis für Europäische Literatur

1998

Gerhard-Mercator-Professur der Universität Duisburg;
polnischer Samuel-Bogumil-Linde-Preis

1999

Goethe-Preis der Stadt Frankfurt am Main

2001

Ehrenbürger der Freien und Hansestadt Hamburg;
Ehrensenator der Universität Hamburg;
Weilheimer Literaturpreis;
Ehrendoktorwürde der Universität Erlangen-Nürnberg

2002

Hansepreis für Völkerverständigung Bremen;
Ehrenpreis des Bayerischen Ministerpräsidenten beim
Internationalen Buchpreis Corine

2003

Heinrich-Heine-Professur der Universität Düsseldorf;
Johann-Wolfgang-von-Goethe-Medaille in Gold der
Alfred Toepfer Stiftung

2004

Hannelore-Greve-Literaturpreis;
Ehrenbürgerwürde des Landes Schleswig-Holstein

2005

Hermann-Ehlers-Preis

2006

Ehrenpreis der Goldenen Feder (Medienpreis der Bauer
Verlagsgruppe)

2007

Ehren-Schleusenwärter der Congregation der Alster-
Schleusenwärter S.C. in Hamburg

2009

Lew-Kopelew-Preis für Frieden und Menschenrechte

2010

Premio Nonino, Udine

2011

Ehrenbürgerwürde seiner Geburtsstadt Lyck, der
heutigen Stadt Ełk in Polen